Sacrée chute !

Sacrée chute !

roman

Arthur T. Deifrey

Éditions Northouse

TABLE DES MATIERES

CHAPITRE 1 : UN AIR DE FRIDA

Il est quatre heures du matin, Mendoza ne dort toujours pas. Cette ville a perdu le sommeil quand, un beau jour de mars 1861, un tremblement de terre lui souffla son histoire. Depuis, Mendoza veille.

Pour la dernière fois, dans la tiédeur de la nuit, je m'imbibe des senteurs du Chile[1] que j'arpente à pas lents, affamé de ne rien lâcher de cette sève urbaine dont les noctambules finissent de se repaître.

Je viens d'achever cette lettre que j'ai préférée aux photos, insuffisamment fidèles, pour te décrire mes trois semaines passées dans le Nord-Ouest argentin. Si parfois au téléphone, tu as pu ressentir dans ma voix des traces d'ennui ou de mélancolie, ces chagrins ne furent que sporadiques.

Les évènements que je vais te relater suffiront à te convaincre des tensions et des craintes qui ont

---

[1] *Avenue principale de Mendoza.*

marqué mon voyage et me tinrent constamment en haleine.

Tout a commencé à Iguaçu. Dès la sortie du terminal, la fièvre tropicale, sans surprise, m'accable de ses effluves brûlants. La brutalité des tropiques dont j'ai déjà souffert dans l'hémisphère nord, ne me tracasse pas. En revanche, le contact avec le voiturier du palace tarde.

Des travaux dans l'enceinte m'obligent à arquer sous un soleil avide et gravir avec peine plusieurs dizaines de marches d'un escalier de chantier. Après dix minutes éreintantes, je rejoins le chauffeur qui s'impatiente sur le trottoir. Il agite un écriteau sur lequel mon patronyme gigote en cadence.

Je suis essoufflé et soulagé qu'il me déleste de mes bagages. Je m'engouffre au fonds de l'habitacle climatisé et l'automobile décampe sans que nous ayons échangé un mot. Il se fend d'un salut laconique et je me calfeutre dans un mutisme salutaire. Cette discrétion sied parfaitement à mon besoin de calme après la fatigue du voyage.

La route qui mène à la résidence s'enfonce dans une forêt fringante, chuintante de piaillements d'oiseaux loin des hordes de touristes.

Peu après, nous atteignons le Malevola, un monumental bâtiment qui surplombe les chutes brésiliennes, en bordure de la sylve équatoriale. Je me présente à la réception où un service zélé s'inquiète de ton absence et feint de compatir. Les formalités d'admission effectuées, je me retire dans la chambre, satisfait de pouvoir m'isoler.

La solitude ne m'est pas étrangère. Elle a souvent assombri mes déplacements professionnels. Mais cette fois, elle ne se camoufle pas. Aucune séance de travail, aucune conférence, aucun contact programmé. Je redoute l'ennui.

De la fenêtre, j'embrasse un vaste tronçon des cataractes. Les « grandes eaux » [2] jouent inlassablement la même musique lancinante qui couvre les bruits de la jungle. L'hôtel, quant à lui, instille sans surprise, ce luxe médiocrement suranné que l'on se figure d'une ancienne hacienda, retapée au soin d'hôtes friqués. Afin de m'occuper, j'entrepris une reconnaissance de la place.

Le Malevola se dessine en une immense bâtisse aux coloris roses et ocres, ordonnancée en de nombreux corridors s'ouvrant sur d'anciens appartements convertis en saloon, fumoir, bibliothèque, piano bar...Après m'être coltiné les arcades qui ligotent la façade, je débouchai sur le jardin.

Comme dans pas mal de complexes prétendus haut de gamme, où s'accoquinent le chic et le toc, je

---

[2] *Signification du mot Iguaçu.*

ne fus pas étonné de découvrir une expo de personnages en résine, disséminés parmi les massifs.

Cela commençait mal…Je m'assis sur un banc à l'écart de l'agitation, préférant contempler les extérieurs aux teintes apaisantes sur lesquels la lumière vaporisait l'ombre des arbres. Selon la fantaisie des nuages, mon esprit s'inventait des corps tourmentés se désagrégeant au gré du vent.

Ma pause ne dura pas. Je m'aventurai à l'intérieur et pénétrai dans le salon Sao Pedro, une salle de jeu aux dimensions modestes, éloignée de la conciergerie.

Un canapé en cuir fauve occupait le centre de la pièce. Je discernai, lové dans un angle, une silhouette blanchâtre, dans la griffe des œuvres égarées dans le parc. Je m'approchai. La statue était vivante.

La femme, recroquevillée en position fœtale, ne bougeait pas.

La découverte brutale de sa nudité me décontenança. J'esquissai un mouvement de repli en bafouillant une excuse.

D'un vacillement de paupières, elle exprima son désir de parler et murmura d'une voix à peine audible ces quelques bribes : « Ayude a mi padre…Molinos ».

L'éclairage vespéral de la salle accentuait ma gêne. Elle rabâchait une phrase que je finis par décrypter : « Ayude a mi padre, Manuel Vargas de Molinos ».

Typée portugaise, elle accusait la cinquantaine. Son teint laiteux, ses épais sourcils noirs, et ses cheveux plaqués sur la nuque, lui conféraient un air de Frida Kahlo. Elle paraissait très affaiblie. Son regard apeuré clamait le désarroi de cette pose impudique.

Quoiqu'elle fût entièrement défeuillée, son maintien pelotonné, les bras serrant ses jambes contre la poitrine, préservait sa pudeur. Je me proposai de solliciter de l'aide lorsque je remarquai, sur un guéridon, un verre qui ressemblait à du whisky, rempli à ras bord. Je crus deviner qu'elle souhaitait que je le lui tende. Mais elle le repoussa, en me désignant une jardinière.

Pendant que je déversai le godet, un type longiligne s'était faufilé par une ouverture que je pensai réservée à l'office. Il différait du faciès européen que je lui prêtai au premier coup d'œil, par sa carnation semblable à celle d'une feuille de papier blanc qu'on aurait humectée de café au lait.

Sa tenue vestimentaire, associant un costume bleu foncé à une chemise grise dépourvue de cravate, transpirait d'une élégance austère, rehaussée par des souliers noirs impeccablement cirés.

Je repérai sur le revers de la veste, un insigne doré. On aurait juré un serpent. La distance et la brièveté de l'échange m'interdirent d'identifier l'attribut. Il tenait un linge ou plutôt une serviette.

Visiblement désorienté par mon intrusion, l'homme à la couleur café au lait me dévora d'une gueule menaçante. Je le sentis sur le point d'exploser, mais, se maîtrisant avec peine, il me cracha méchamment au visage :

— Vous n'auriez pas dû faire cela !

Il devait parler du verre versé dans la jardinière.

Puis, avant que je puisse me justifier, il se contrôla et, d'une intonation devenue fielleuse, déplora son emportement, alléguant avoir privatisé l'alcôve :

— Vous n'êtes nullement fautif, je n'en resterais pas là… Ils vont m'entendre.

Puis, s'adressant tendrement à son épouse, il la recouvrit. Je pris congé et déguerpis précipitamment.

Mon rythme cardiaque s'était accéléré et mes tempes vibraient des palpitements de mon cœur. Je m'éloignai avec empressement. J'éprouvai soudain le besoin de voir du monde et l'urgence de clarifier mes idées. Décidément, ces vacances s'emmanchaient bizarrement.

Je me précipitai au snack, consultai nerveusement la carte des boissons et jetai mon dévolu sur un rhum jamaïcain. Ma panique domptée, et grisé par la dose généreuse d'alcool, mon ciboulot s'emberlificota de nouveau.

Malgré le comportement tout compte fait, réconfortant et courtois de l'individu, les circonstances me paraissaient anormales.

Ces mots répétés : « aider mes parents » suivis de leur patronyme. Ils m'intriguaient. Il me restait quelques heures avant le dîner.

Après un coup d'œil aux chutes, je me retirai dans la chambre.

CHAPITRE 2 : L'HOMME À LA COULEUR CAFÉ AU LAIT

L'appareil photo nippon que j'avais acheté juste avant mon départ, traînait sur le bureau. Je réalisai que je ne savais pas m'en servir. Il devenait urgent de lire la notice.

Au bout d'une petite éternité, je ne savais encore pas comment initialiser l'horloge, par contre le mode automatique « intelligent » n'avait plus de secret.

Alors que je m'attaquais au programme « S », j'entendis frapper.

Une ca123riste, vêtue de noir sous un tablier bordeaux, s'offrit de « préparer le lit », ce que je déclinai poliment, me sentant capable de tirer une couette et d'allumer les lampes de chevet.

Tandis que je bredouillais quelques mots en Espagnol, pour lui enjoindre cette importante vérité, elle me tendit un plateau argenté sur lequel reposait un bristol. Je m'en saisis et congédiai l'importune d'un « gracias » ferme et résolu que je maîtrisais parfaitement ; ce qui au Brésil n'offre aucun intérêt puisqu'elle me gratifia sur un accent non moins énergique, d'un « obrigada » qui me laissa tout bête.

Croyant à une publicité, je l'ignorai et le posai sur la commode. Enfin sorti vainqueur de la fonction S, je décidai d'en rester là et m'intéressai au carton. Il s'agissait d'une invitation rédigée comme suit : « Monsieur Oscar, vous êtes convié à souper à notre restaurant « Le Papagaio », à 20 H 30. (Signé) La Direction ».

Je m'inquiétai d'une possible erreur mais très vite, je me ressaisis, les Oscar ne devant pas être légion dans les parages. Rassuré par cette considération, je m'apprêtai pour le dîner. Aucune de mes fringues ne possédait la prestance que j'estimai appropriée à la circonstance.

Que ce soient les bottes de randonnée ou les pompes de jogging. Pour la chemisette, le polo blanc du club nautique conviendrait. Le choix du pantalon se révéla plus aisé puisque je ne disposais que du tergal vert.

Ainsi fagoté, à 20 h 32, soit avec un très léger retard, je me pointai dans la salle à manger.

L'homme à la couleur café au lait se dirige vers moi. Il porte une tenue décontractée, liquette sortie du futal, manches retroussées et m'honore d'un « abrazo » ibérique qui me met mal à l'aise. Ce soir beaucoup plus expansif, il s'exprime en Français :

— Monsieur Mauran, je suis ravi que vous ayez accepté de vous joindre à moi. Après ce fâcheux contretemps, je vous devais ça.

Je l'en remercie en minimisant le pépin tandis qu'il se présente :

— Valmir Colhoado, l'Éminence de ces lieux.

Je me sentis soulagé d'avoir affaire au directeur de l'établissement.

— Donc, tout s'explique ! pensai-je sans réfléchir.

Nous nous installons à une table, dressée pour deux convives en bordure du bassin, faiblement éclairée par une fausse lanterne au style ringard.

Remarquant qu'il discutait en Portugais avec un employé, j'en déduisis qu'il prodiguait ses consignes pour le dîner. Effectivement, nous sommes tout juste installés qu'on nous sert l'apéritif. Pour ma part, je décline l'invite et penche pour du vin.

— Vous êtes mon invité, permettez-moi de choisir…

Bien que je ne proteste, il se croit obligé d'ajouter :

— Si, si, j'insiste.

Il commande un Chevalier d'Archat, un grand cru bourguignon et me confie sa prédilection pour les vins du « vieux monde ».

Tandis que j'essaie de plaisanter de cette formulation discriminante, il me tend la carte et me lance en Espagnol :

— Mire !

De fait, celle-ci accorde une place de choix aux produits du Brésil, du Chili et d'Argentine, mais fourre dans le même sac tous les vins du « viejo mundo ». J'en profite pour jeter un œil au prix du Bourgogne. Il s'agit du millésime 2011.

Je ravale un hoquet de stupeur : un rapide calcul mental pour troquer le réal en pesos, monnayer les pesos contre les dollars puis, convertir les dollars en euros. Je dois me rendre à l'évidence : le bourguignon se brade à mille huit cents euros la fiole !

Je m'étais dit que je pourrais lui offrir le digestif. Mais à ce compte-là, j'enterre les bonnes manières.

D'autant que mon comparse dont j'ai déjà escamoté le nom, inclinant vers l'alcool, s'apprête à enfiler un whisky, sans courtoisie envers son invité. Après en avoir absorbé une lampée, le goujat s'étire sur son siège, respire profondément et déclare :

— Monsieur Mauran, je vous dois des explications…

J'affecte d'en disconvenir, mais brûle en réalité d'écouter sa version. Se donnant des airs d'importance, il me déballe un conte barbant, employant un vocabulaire pédant qui d'entrée m'agace.

— Mon épouse souffre d'une affection grave qui altère son entendement et je redoute qu'elle ne commette une sottise…

En des termes moins suborneurs, j'en tire qu'elle est givrée et risque de se faire péter le caisson. Comme je sens qu'il vise une forme d'assentiment, je marque une pause, ne pouvant lui déballer une pensée si brutale.

J'insuffle bruyamment pour me donner de la constance. En fait, considérant tout ceci fort banal, et surtout déçu de voir mon intrigue s'effondrer, je lui balance :

— Et, comment se porte-t-elle ?

Surpris, et visiblement désappointé de mon manque d'intérêt, il enchaîne sans répondre :

— Allons, je vous importune…Je vous propose de goûter autre chose.

Je lorgne la carafe, pleine aux trois quarts et m'apprête à refuser. Puis me rétractant, je cède à sa vanité grotesque et lui concède un hypocrite :

— Mais, avec plaisir !

Ragaillardi, il transpire à nouveau de bonne humeur. Il presse un serviteur et je pense, cette fois-ci, hériter du choix du charme. Il n'en sera rien. Se fichant de mon avis, tranchant, il décoche :

— « Vega Silica … »

Le millésime mâchouillé en brésilien heurte en vain mes portugaises délicates.

Dans l'intervalle, une ribambelle de « tapas » nous a été servie. Si leur présentation est impeccable, les combinaisons prétentieuses de saveurs m'écœurent. Je sauve la « tortilla guarani », une fine galette à base de noix de coco, et dédaigne la majeure partie des assiettes.

Mais j'en reviens au Vega Silica que le sommelier nous destine et commente en Français avec une contention toute particulière : il s'agit du millésime 2015, année exceptionnelle. Comme je n'y connais pas grand-chose, mes yeux levés au ciel signent ma bénédiction.

À tout seigneur tout honneur, le privilège de déguster échoit à son Éminence. Ce témoignage abusif de bienséance m'étonne.

— Dis donc, gamin ! Le client, c'est bibi. Pour moi, ton boss n'est qu'un faquin…, destinai-je en pensées au sommelier qui se tient raide, imperturbable.

Si la manière théâtrale de déguster sied au personnage, je vois bien qu'il n'est pas un très bon connaisseur. On ne tient jamais un verre par la paraison[3] ! Il valide, bien sûr, sottement le breuvage, uniquement impressionné par l'extrême rareté de l'étiquette.

Pendant qu'on me verse le vin, j'ignore encore que je vais vivre un des moments les plus embarrassants de mon séjour.

Le sommelier m'observe, sans impatience… Évitant les simagrées de mon hôte, j'éloigne légèrement le verre de mon visage afin d'apprécier la couleur, puis le rapproche lentement de mes narines.

Aie ! Aie ! Il empeste le bouchon. Je n'en laisse rien paraître et goûte une gorgée pour m'assurer que je ne me suis pas trompé. Hélas, foin de caudalies[4], en bouche, le défaut s'intensifie. Je dois me rendre à l'évidence : le Vega Silica est bouchonné !

Cette situation me fout en boule. Si je m'écrase, je vais devoir feindre d'apprécier un soi-disant miel qui me laissera un goût de fiel. Si je suis honnête, l'amour propre du directeur va en prendre un sacré coup.

Devant semblable dilemme, j'ai une technique : Bouddha et sa voie du milieu. Je ferme les yeux, me concentre deux secondes et quand j'ouvre les paupières, le grand échalas qui se tient entre nous

---

[3] *Partie large d'un verre qui accueille le vin.*
[4] *Unité de mesure qui exprime la durée d'expression en bouche des arômes du vin.*

m'apparait comme le sauveur. Je demande à l'échanson :

— Faites-nous le plaisir de tester ce…

D'abord désorienté, je vois sa figure s'éclairer et d'un dodelinement de tête, dédaignant son supérieur, je comprends qu'il acquiesce. Je t'épargne le chiqué. Le verdict tombe net :

— Messieurs, je vous prie de m'excuser, mais il se dégage un très léger goût de bouchon… Je vois ce que je peux faire.

Sous-entendu :

— Je ne suis pas certain qu'il en reste une …

Je bus l'euphémisme tout en me disant qu'on pourrait enfin se taper le Chevalier d'Archat, injustement snobé ce soir. Il n'en fut rien. Le sommelier revint, fier d'avoir dénicher de derrière les fagots une seconde bouteille de Vega Silica. La dernière assura-t-il. Comme si j'allais le croire !

Cette seconde manche se déroula sans la moindre anicroche. Nous avions accueilli avec aise cette issue inespérée et ni le directeur, ni moi n'avions l'intention de la ramener.

Alors que différents plats de viande grillée circulaient, je compris que la sélection des mets s'opérerait sans mon consentement. Il profita d'un moment d'accalmie dans le service pour s'absenter :

— Pardonnez-moi, M. Mauran, mais je dois me porter au chevet de mon épouse.

— Mais je vous en prie…

À présent, la terrasse, éclairée de torches factices, regorgeait d'affluence. Il y avait là, des Brésiliens, des Argentins et pas mal d'Européens. Les Américains quant à eux, s'éternisaient à patauger dans la piscine en sirotant leurs cocktails sous l'œil hautain des hôtes attablés.

Quand il revint, son attention se canalisa sur ma personne. Je ne me méfiai pas de sa curiosité et, imprudemment, lui brossai le cadre et les circonstances de mon voyage.

Avec une grande facilité et un certain toupet, il me priva de la parole.

C'est alors que j'assistai à la métamorphose. Au fur et à mesure qu'il parlait, le manageur policé aux manières civiles se transformait en une sorte de gourou enragé.

Son visage, son corps s'animaient d'expressions étranges presque surnaturelles. J'étais écartelé entre une irrépressible fascination et la peur croissante d'avoir livré aussi naïvement les détails de mon périple.

Cet étranger s'emploie alors à dépeindre ma future pérégrination en des termes allégoriques où le merveilleux se dispute à la réalité.

Il m'instruit ainsi de : « *l'impudence d'un ruisseau que ses ascendances côtières semblaient condamner à un parcours de quelques lieues, et qui contre toute attente, caracole sur près de trois mille kilomètres pour couronner sa chevauchée dans le vacarme des chutes d'Iguaçu, car tel est le nom de ce fleuve et enfin, s'abâtardir, comme vulgaire affluent du Paraná* ».

Comme son agitation me gêne, je jette un regard aux tables alentours. Personne ne semble surpris. Au contraire, c'est moi qui maintenant trouve tous les gens bizarres…

J'essaie bien de replacer la conversation sur le vin, mais il n'écoute plus. Il continue son délire :

— Cette destination improbable d'un fleuve qui choisit de longer la mer, suprême nirvana d'un cours d'eau sur terre, pour ne jamais l'atteindre, n'est, ni un hasard, ni une renonciation mais un ordre divin versé pour l'humanité, m'enseigna-t-il, me laissant baba.

Le temps que je connecte les bons neurones, il se lance dans une tentative de justification rationnelle plutôt vaseuse qui accélère mes doutes. Il est cinglé !

Pour lui faire comprendre, j'ingurgite bruyamment une rasade de Vega Silica comme on descend une mauvaise chopine. Mais le pèlerin, d'une espèce volubile, ne remarque pas mon impatience. Il continue comme si je n'existais pas. Je sens une sueur froide me mouiller le dos. Je me force à en placer une :

— Je me suis rendu côté brésilien à l'emplacement surnommé la « gorge du diable ». Et ce que j'ai vu, une rivière apaisée, quelques dizaines de mètres après un tumulte impressionnant, m'abreuve plus d'une source divine que d'une fontaine démoniaque…

Je n'eus pas le loisir de terminer ma phrase, que je vis un zébulon se dresser, les globes sortant des orbites comme dans un cartoon de Tex Avery :

— Monsieur Mauran, vous n'avez éraflé que l'épiderme de la réalité, celui qui a vaincu le mal, car croyez-moi le démon est argentin et Dieu est brésilien !

— Voilà autre chose ! me dis-je sans étonnement.

— Demain, dans les tréfonds du parc argentin, vous serez confronté à la tentation de ce maelstrom. Ce gouffre dans lequel se fracassent les flots, possède un pouvoir d'attraction maléfique. Vous n'aurez nul besoin de clore les paupières, pour craindre l'appeau de cette béance sournoise qui tentera de vous engloutir. Vous aurez devant vous l'œuvre du malin. Ce que vous avez admiré, cet Iguaçu devenu docile, et repentant de sa fureur finale qui dans un moment d'égarement, lui vit contester sa destinée, nous le devons à Dieu.

Il avait débité sa salade d'un seul trait. Le tréfonds, le maelstrom, la béance écorchaient mes oreilles. Mais, cette vision peu vacancière et guère rassurante, ne me chagrinait pas. Je fluctuais sur les motifs réels de cette invitation. Je n'avais pas oublié son mouvement d'humeur initial.

— Si nous en venions à ma présence ici. J'apprécie votre courtoisie mais j'éprouve un peu de mal à en saisir le sens. Serait-ce la défaillance accidentelle de ma compagne qui justifie pareils égards ?

— Je vous l'ai dit : nous avons démarré sous de mauvais auspices. Excédé que mon épouse eut quitté notre suite et surpris par votre incursion inopinée au salon, mes nerfs ont lâché. Je tenais à gommer mon emportement.

Son laïus semblait tenir la route, mais ça ne collait pas. Au-delà de sa chair singulière, de ce personnage, se dégageait une odeur de petit coin, que j'attribuai, sans logique à son regard perçant. Je ne le sentais pas.

Comme il connaissait, pour lui avoir décrit, les étapes de mon circuit, il en remit une couche au sujet de Salta.

— Vous ne devrez pas quitter Salta sans gratifier la « *Nina del rayo* » de votre révérence.

Je connaissais l'existence de ces momies d'enfançons ou plus exactement, leurs cadavres momifiés par le froid glacial et desséchant de la Cordillère.

— J'ai pas prévu. L'ostension de restes humains, même s'ils proviennent d'époques reculées, exprime plus l'indécente curiosité de notre société qu'une déférence à l'égard de nos ancêtres.

— Je comprends votre délicatesse, elle vous honore. Mais vous devriez admettre que, délivrée de sa gangue charnelle, le souffle vital, déserte l'haleine des défunts pour se fondre aux quatre vents qui, la saison venue, l'insuffleront aux morts pour qu'ils revivent.

Je ne me sentais pas capable de soutenir un dialogue d'ordre métaphysique. Et puis, il commençait à me les brouter. Bien sûr, c'est pas ce que je lui répondis :

— J'aimerais le croire, mais cela ne justifie pas que l'on profane les corps…

— Parfois, le sort s'abat sur nous, pauvres terriens et nous assigne une mission qui dépasse notre existence terraquée. Ce sont des signes envoyés aux vivants. Toutes les sociétés ont pratiqué ces rites, des plus superstitieuses qui charroyèrent solennellement la dépouille d'Alexandre de Mésopotamie en Égypte, aux moins crédules qui continuent de vénérer les débris de Lénine. Privé de son éther, l'organisme n'appartient plus au disparu, il est possession de l'humanité entière.

L'idée était sympa. Sans qu'il fût besoin de l'y convier, il reprit avec exaltation :

— Faites-moi confiance, ne soyez pas trop pusillanime et osez franchir le seuil de ce temple. Vous allez ressentir de la peine, une révolte légitime devant cette jeunesse martyrisée, et juger barbares les mœurs incas. De plus, la mercatique culturelle vous invite à sublimer vos émotions. Le froid ambiant, le clair-obscur finement étudié et la musique macabre vous recouvrent d'une chape de compassion. Mais, vous leur feriez injure si votre intellect ne surmontait pas votre commotion. Leur survivance parmi nous ne procède pas du hasard, mais incarne la manifestation violente de la puissance divine : elles ont accompli leur visée de pureté éternelle, fières d'avoir été arrachées à la noblesse, après avoir parcouru à pied, des milliers de kilomètres pour rendre grâce à Dieu. Leur fatum tragique n'aura pas été inutile. Plus qu'un rite piaculaire, il faut y voir une communion avec le dieu célicole dont la manne espérée n'est qu'une contenance triviale.

— Eh bien mon bonhomme, j'ai rien pigé ! Célicole ? tu veux dire « agricole » ?

Enfin pas sûr, poliment, je préférais :

— J'entends, mais ces chérubins n'ont pas choisi cette mort et je ne peux m'empêcher de faire preuve de pusillanimité si je songe à leur épouvante quand ils prirent conscience de la malédiction qui s'abattait sur eux, répondis-je, fier de moi.

— Je crois savoir qu'ils étaient préparés…

— Vous voulez dire shootés ?

— …quant aux sacrifices, et aux rituels injustes, sous des formes édulcorées, ils sont encore à l'œuvre. Notre conception moderniste de la liberté s'y résigne sans chinoiser.

Dans quelques jours à Salta, en sortant de cet endroit, je me souviendrai de ces délires et me ferai cette réflexion :

— Pas si con le mec ! Si on retourne un jour là-bas, je t'emmènerais voir…

Bien que cette pochade de réception fût intéressante, les aiguilles du cadran tournant, ma concentration se relâcha. Il s'en aperçut et sa tension retomba.

— À votre mine, je devine que vous me prenez pour un illuminé mais vous vous trompez. Je suis quelqu'un de raisonnable qui s'efforce de considérer avec humilité les réalités qui nous échappent. Ma foi en Dieu me conduit sur un sentier qui intègre l'Esprit dans les manifestations quotidiennes, tout en admettant les interprétations déductives. La conquête de la connaissance, je ne parle pas de vérité, constitue l'expérience la plus douloureuse qui soit car elle abolit nos espérances.

Comme je restais sceptique, il poursuivit sa démonstration.

— Les contemporains de toutes générations, considèrent que leurs savoirs abrogent ou surclassent ceux de leurs prédécesseurs. Ils n'imaginent pas leur morgue, qu'ils confondent avec des certitudes, ensevelies dans les oubliettes de l'histoire dans un futur inévitable. Alors que les mystères de l'âme continueront de chagriner le genre humain pour quelques éternités.

— C'est reparti ! me dis-je.

Sa philosophie, estampée *d'un positivisme tempéré*, comme il le dirait sans doute lui-même ne me déplaisait pas. Cependant, à dix heures et quelques verres, mon ressort cérébral coinçait cruellement pour nourrir un débat qui ne cessait de m'étonner de la part d'un chef aubergiste.

J'ébauchai un mouvement pour signifier mon souhait de mettre un terme à la discussion.

— Je comprends votre lassitude, ma nature passionnée m'entraîne dans d'incorrigibles bavardages.

Ne voulant pas le froisser car l'entretien se déroulait dans un climat convivial, je l'assurai que la fatigue de l'avion justifiait le désir de me retirer.

— Et vous n'êtes qu'au prélude de l'odyssée …

Alors que j'espérais qu'on en viendrait aux insipides formules de politesse qui scellent les amitiés périssables, je le vis s'animer de nouveau.

— Vous allez traverser la contrée retirée des vallées Calchaquies…

Je déplorai de lui avoir confié les escales de mon itinéraire et le coupai impoliment, car j'en avais ras le bol.

— Je suis fatigué !

— Excusez-moi, je ne voulais pas vous importuner.

Je regrettai de l'avoir mécontenté car je venais de passer un moment plutôt original en compagnie d'un acolyte tout aussi excentrique. Il se ferma puis héla un barriste :

— Un Valmour !

— Non là, tu déconnes ! Tu vas pas encore picoler…, me dis-je.

J'observai le garçon qui versait le whisky. Il remplit le cristal aux deux tiers, selon une règle visiblement bien établie.

Nos regards nous trahirent. Je pus déceler dans les yeux du directeur comme une pointe de panique. Quand il appuya à nouveau un regard désapprobateur sur le serveur, enfin je compris : un professionnel ne complète jamais un verre jusqu'au bord.

Je m'attendais à une réaction, car, manifestement, aucun employé n'avait pu servir de cette façon au salon Sao Pedro. Mais il n'en fit rien.

Il paraissait peu probable que « Frida » ait accompli ce geste et dans cette éventualité, seul le mari pouvait en être l'initiateur. Loin d'apaiser mes doutes, cette précision aviva mes craintes.

— Je pense qu'il est temps de prendre congé, proposa-t-il.

Mon interlocuteur éclusa d'un trait sec et recouvrit sa mine sévère. Je quittai l'ombrageux personnage sur des banalités d'usage. Alors qu'à nouveau des idées noires me trottaient dans la tête, je surveillai inconsciemment sa retraite. Il s'arrêta au comptoir pour régler la note ce qui me parut étrange.

La nuit fût courte. À plusieurs reprises, je tentai de débrouiller le fil de la soirée. Son agressivité dans le salon Sao Pedro, son entame directe en Français comme s'il avait surpris la conversation, son hébétude devant le verre trop plein, suivie d'une pupille ardente aussi choquante. Tout me portait à croire qu'il cachait quelque chose.

L'alcool repoussé par son épouse et son appel à l'aide, me confortaient dans cette voie. Le charmant dîner offert ne rattrapait rien car, avec du recul, je le pensai déplacé.

Je restai éveillé, assis à la fenêtre. Bien qu'elles fussent invisibles dans la noirceur, les chutes ronflaient sourdement. Je ne voulais pas sombrer dans la paranoïa, et m'efforçais de rester calme, prisant la brise tiède qui propageait les odeurs de la forêt.

Quand palpitèrent les lueurs de l'aube, je campais sur ma position. Demain, en allant au parc, je profiterais du détour par Iguaçu où je devais faire reconfigurer mon cellulaire, pour pousser jusqu'au commissariat.

CHAPITRE 3 : LE BAL DES CONDÉS

Dès l'aurore, le chauffeur comme prévu, se présente pour me conduire. J'espérais faire l'ouverture et ainsi éviter la cohue. Pendant le trajet, je tentai sans succès, de le questionner. Mais je devinai, à ses réponses évasives, qu'il ne souhaitait pas s'épancher à propos de son employeur.

Je me concentrai alors sur son entourage, son métier et son existence au Brésil, ce qui le rendit de suite plus loquace. La course fut agréable et me permit de rafraîchir mon espagnol. En vadrouillant dans le parc, je remâchai les prophéties du directeur au sujet du fleuve Iguaçu.

Il est vrai que le circuit inférieur, qui serpente au pied des chutes vous prend aux tripes, mais tout de même pas au point de vouloir se foutre à l'eau.

En empruntant la voie céleste, plus platement, de disgracieuses traverses métalliques qui enjambent les cascades, on se sent plus haut. Un point c'est tout.

Je réservai le diable et sa gargamelle pour clôturer ma visite. Après avoir chevauché les rapides, l'interminable passerelle aboutit enfin au point de non-retour, la plateforme qui surplombe la chute.

Et là, un machin m'empoigna au collet et je frémis à la vision de ce pastis aqueux : j'étais plus tracassé par la solidité des palplanches que par la pince du malin. Je ne m'attardai pas et rejoignis le tortillard qui me trimballa en cahotant, jusqu'à la sortie.

Je me gardai de confier au voiturier mes angoisses métaphysiques et lui narrai ma mésaventure avec les coatis. Ces rongeurs peu craintifs et parfois agressifs alimentent la connerie des visiteurs. Pour les photographier, ils les attirent en les canardant des restes de leur repas.

Attablé sous une tonnelle, je fus le jouet de ces pratiques. Mes voisins belges, leur ayant balancé des morceaux de pain, l'un d'eux, pas un Belge mais un coati, bondissant brusquement sur la tablette, me délesta en un clin d'œil de mon hamburger. Prudent, il oublia le cornet de frites, s'évitant ainsi une bonne raclée.

Pendant que nous roulions, je rappelai au conducteur de faire un détour vers la boutique de téléphonie. Je lui glissai que j'aimerais passer au poste pour vérifier un problème avec mon passeport. Il s'exécuta et me déposa devant la garde civile, une bâtisse sans étage, qui s'étalait en bordure d'une esplanade arborée.

La façade principale, badigeonnée d'un vert indécis qui rusait entre le bleu et le gris, s'organisait autour d'un joli porche dont l'encadrement ourlé de nervures manuélines[5] éclairait le pavillon de son jaune acide. Ces contours architecturaux ornaient également les six fenêtres réparties de part et d'autre.

Surplombant l'entrée, flottait, sans surprise, l'étendard du Brésil. J'effaçai allègrement les quelques marches pour toucher un vestibule, au sol carrelé d'un travertin nervuré d'émeraude. Sur la gauche dans l'espace d'accueil clos par un carreau translucide, le vigile en faction s'activait sur son ordinateur.

Défiant l'hygiaphone, je m'accoudai au guichet, et, attendis... Dans ma tête, bouillonnaient les termes que je jugeais bénéfiques à l'entretien, mais certains, tels que meurtre, assassinat, empoisonnement… me nouaient la gorge.

Familiers devant une série TV, en vrai, ça flanque les jetons. Le planton levant la tête m'autorisa à parler :

— Bonjour Monsieur, je voudrais faire une déclaration car un faisceau d'éléments inquiétants me fait craindre que la vie d'une personne soit menacée.

J'avais débité la phrase d'un seul trait, en soignant mon accent de sorte que mon interlocuteur comprît du

---

[5] *Manuélin : style architectural portugais mêlant les influences gothique, mudéjar et renaissance italienne.*

premier coup. Après, je me dis que je ne serai pas capable de répéter.

Ce fut pas nécessaire. Le gonze avait capté.

Il n'extériorisa ni affect, ni surprise. Il se limita à un jargon inaudible et me tendit un document comportant plusieurs feuillets.

J'éprouvai un vif soulagement. Un peu comme quand on trahit un secret.

D'un coup d'œil torve, il me signala une insignifiante desserte et une chaise plantées dans l'angle opposé du vestibule où je m'installai.

Le formulaire de plainte, un questionnaire qui mettait en scène deux parties, ne cadrait pas exactement avec mon cas.

Cependant, je m'y conformai et décrivis avec application le tableau du salon, en insistant sur ma qualité de témoin, comme si déjà, j'appréhendais de devoir me justifier.

Je ne négligeai pas, sous la rubrique « description des victimes, signes particuliers », de mentionner la ressemblance avec Frida Kahlo.

Je relus minutieusement ma déposition, pour ne rien écarter mais surtout, en m'efforçant de n'émettre que des suppositions. Je me gardai de toute espèce de conclusion qui eut pu s'avérer préjudiciable.

Ma proximité avec la délinquance financière me rendit cette manœuvre presque plaisante. Tel un élève qui vient d'achever sa copie, je me dressai sur ma chaise et m'ébrouai en sourdine.

Flegmatique, il s'entêtait à tapoter d'un doigt sur le clavier de l'ordinateur, en compulsant des papiers, sa tête dandinant tels les chiens apostés sur la plage arrière des voitures de beaufs.

Je me déplaçai et le tirai de son ouvrage, d'un toussotement du meilleur goût. Il s'interrompit, se tourna vers moi, le visage aussi amène qu'un révolver et s'empara du document. Il requit alors mon passeport, et me signifia d'une gesticulation pataude de patienter sur un banc en bois, situé non loin de l'entrée. L'horloge indiquait 15 H 56.

Le chauffeur piétinait dehors depuis une plombe et je tenais à éviter qu'il entreprenne de vouloir m'aider. Je m'éclipsai un moment pour lui expliquer qu'il ne s'agissait que d'un souci de conformité. Il ne désirait rien savoir :

— Je suis à votre disposition, Monsieur. J'attendrais et si vous avez besoin…, dit-il en se replongeant dans la lecture de sa gazette.

Je n'aurais pas dû m'inquiéter, il se comportait en pro, à l'image du sommelier d'hier. Je retournai dans le hall.

Un gaillard noiraud, plutôt râblé se démenait en bougonnant un jargon peu affable à l'adresse de l'ordonnance. L'olibrius, réveillé en plein travail essuya l'algarade, puis esquissa en me voyant, une risette bêtasse qui se liquéfia en un rictus incontrôlé.

— Le voici ! susurra-t-il à l'officier en me désignant.

Le capitaine Dias, impassible, m'introduisit dans une salle ou se tenaient déjà quatre individus. L'un d'entre eux, un géant brun, plutôt maigre, d'allure svelte, feuilletait ma déposition, arc-bouté sur un coin de table.

D'un coup d'œil furtif, je m'accoutumai à l'arène : un local barbouillé en gris, où étaient disposés dans chaque angle, autant de bureaux en métal bleu foncé, équipés chacun d'un téléphone et de deux ordinateurs.

À ma surprise, dans mon imaginaire cinématographique, les repaires de condés m'ayant habitué au désordre, aux papelards qui traînaillent, aux gobelets sales et autres reliefs de collations, la canfouine infectait l'ordre et la propreté. Cela ne me rassura pas.

Le brigadier qui lisait la déposition, se redressa et posa le dossier sur la table. D'un air obligé, il me spécifia d'un hochement de tête que je devais m'installer sur le tabouret campé devant lui. De la sorte, je faisais face aux autres policiers.

Il s'adressa alors à moi dans un espagnol épouvantable ce qui me le rendit plus compréhensible. Il souhaitait que je décrive une seconde fois ce que j'avais vu.

Alors que je m'évertuai à retracer les circonstances, j'insistai particulièrement sur mon état de témoin involontaire. S'étant saisi d'un des feuillets, il m'interrompit brutalement d'un :

— Témoin involontaire, dites-vous ?

— Parfaitement ! je me suis retrouvé dans le salon fortuitement.

Ne le voyant pas réagir, je relançai calmement, en tamisant chaque locution, me gardant de commettre une erreur. L'inquiétude s'enracinait en moi.

Heureusement, mon élocution soigneusement mesurée évita de trahir mon malaise. Je poursuivis, uniquement dérangé par le capitaine qui, peu attentif, venait d'empoigner son portable et gueulait sans respect pour le voisinage.

Parvenu au point où la statue s'incarne en une créature vivante entièrement nue, mon auditoire soudain, s'arracha à son indifférence. Comme si je n'existais pas, ils échangèrent en Portugais, des réflexions dont je devinai sans mal l'essence grivoise.

Le capitaine, son coup de fil achevé, rejoignit la fine équipe. Un joyeux luron que ce soldat : alliant le mime au verbe, il s'esclaffait de ses blagues dont je ne pipais rien, ce qui aggravait ma nervosité. Cependant, je comprenais bien que ma cause tournait au vinaigre.

Je restais serein et fuyais leurs regards en fixant sur le mur le cliché d'une colonne de pêcheurs mal fagotés. J'identifiai facilement Dias, engoncé dans une tenue ridicule et j'en conclus que les autres compères devaient appartenir à la brigade…

Ce tumulte avait réveillé les collègues voisins, qui radinèrent presto et me muèrent en une véritable attraction. Tartarin qui menait le bal, me signalait à chaque nouvel impétrant, en braillant :

— C'est lui… le Français.

Je me serais épargné cette soudaine popularité, mais, bien que ne participant pas aux réjouissances, cette ambiance carnavalesque me détendit un peu. Mon répit fut de courte durée.

Tel Merlin, un zèbre de belle stature, dont la calvitie trahissait l'âge, déboula les bras levés au ciel. Il tança sans vergogne l'assistance qui se délita piteusement.

Les joueurs regagnèrent leurs vestiaires respectifs, profils bas. Le commandant Manuel Dias de Carvalho, la trogne atrabilaire, venait de décréter l'arrêt de la partie. Il invita son subalterne et les argousins qui m'avaient auditionné, à le suivre dans un réduit vitré, attenant au vestibule.

Il ne tarda pas à rappliquer, ma déposition sous le coude, s'approcha et sans rien dire, me précéda dans un cabinet dont la porte était grande ouverte.

Sans se départir de la prudence à laquelle il obéissait, d'un subtil clignement, il me désigna une chaise habillée de velours amarante face au bureau. Je commençai à être lassé qu'on me mimât de m'assoir au lieu de me parler.

Pendant qu'il relisait, je dévisageai le portrait officiel du Président qui trônait en bonne place et lui trouvai une sale tête. Mon attente fût courte. Il s'exprima dans un Castillan impeccable usant de constructions particulièrement avenantes.

— Monsieur Mauran, nous vous remercions de votre démarche et sommes sensibles qu'un citoyen nous fasse partager spontanément ses pressentiments.

Cette politesse empestait le « mais ».

— Parfois l'imagination vous emmitonne et des futilités peuvent prendre une tournure maligne. Comme j'ai la chance de résider dans cette cité, le responsable du Malevola et son épouse appartiennent à notre cercle d'amis proches et …

— C'est plié ! me fis-je.

Les doutes restaient trop branlants pour ouvrir une enquête. Pire, le commandant me suspecta d'abuser de la boisson et me conseilla de modérer ma consommation :

— Le climat de nos régions joue souvent de vilains tours aux estivants....

Cette ultime camouflet me blessa : ce n'est pas moi qui avais eu l'audace de me commettre dans la représentation grotesque dont venait de me gratifier sa basse-cour.

Mais j'estimai surtout que ce dérapage les avait privés du peu de jugeotte que la nature leur avait allouée et m'avait confisqué l'attention impartiale que je méritais. Il me congédia poliment, m'amadouant d'un mode badin :

— Soyez rassuré monsieur Mauran, je ne manquerais pas de m'enquérir de la santé de mes amis.

Il me raccompagna jusqu'au seuil et me serra la main. Je descendis les escaliers sans sourciller. Ma déception devait être perceptible, car il s'obligea d'ajouter en haussant la voix :

— Merci pour votre déposition. Elle a été dûment enregistrée et consignée.

Il se faisait déjà tard quand je rejoignis le chauffeur. Ne manifestant nul signe d'impatience, il me demanda gentiment si mon visa avait pu être régularisé. Je n'étais pas d'humeur à bavasser. Il le sentit et respecta mon désir de tranquillité. Il se borna à me proposer une alternative à la route empruntée à l'aller. Je consentis un effort pour lui rétorquer de ne rien changer.

Enfin pénard, je m'appliquai dans ma chambre, à boucler ma valise en sifflant une fillette de mousseux, histoire d'oublier ma déconvenue. Hormis l'avant-goût de ridicule qui me gagna, lorsque Tartarin mit son cirque en branle, je ressortais soulagé de cette démarche, convaincu d'avoir rempli mon devoir.

Le commandant n'avait probablement pas tort quand il fustigeait mon jugement corrompu par l'exotisme et la solitude.

CHAPITRE 4 : LA CONFESSE

Le lendemain, à neuf heures tapantes, la limousine rappliqua pour me conduire à l'aéroport.

Contrairement à la veille, je n'éludai pas la causette et vis un brin d'espièglerie pétiller dans ses mirettes quand il me déclara :

— Ça n'a pas été facile hier pour vos…

Il hésita avant de prononcer « papiers », ce qui, sur l'instant, me surprit, puis enchaîna :

— Il ne faut pas vous inquiéter, ces tracasseries sont fréquentes.

Je me doutai qu'il avait un peu écouté aux portes, mais ça n'avait plus d'importance. Pendant la durée du trajet, nous parlâmes de foot. Ceci rendit la balade récréative.

Alors que je décomptais les dollars du pourboire, je réalisai que j'ignorais son nom. Il me tendit sa carte de visite en annonçant :

— Valmir Colhoado.

Bien que j'eusse parfaitement compris, je l'invitai à répéter.

— Valmir Colhoado.

Groggy, je le dévisageai dans l'espoir absurde de déceler un cousinage avec le directeur.

Mais, je ne croyais plus au hasard. La peur s'était emparée de moi. Après que nous nous fûmes séparés sur des promesses oiseuses, je me mis à trembler, le cœur sur le point de se faire la malle. Des regrets accompagnés d'une colère refoulée me rongeaient et je me mis à gamberger.

— Pourquoi hier, les policiers ne m'avaient-ils pas pris au sérieux ? pensai-je.

Je réfléchis et réalisai qu'en me focalisant sur la personnalité du directeur, involontairement, je les avais entraînés sur une fausse piste. L'épisode de l'addition rejaillit soudain, et il devenait évident que l'homme à la couleur café au lait, ne gérait pas le Malevola.

Il s'agissait, plus vraisemblablement, d'un escroc occasionnel ayant usurpé l'identité du voiturier pour me tromper. J'éprouvais alors des sentiments partagés.

À la fierté d'avoir confirmé l'étrangeté de la rencontre, se mêlait une totale incompréhension de la situation et une profonde rancœur d'avoir échoué dans ma démarche.

Recouvrant mes esprits, je sentis sourdre en moi un réel sentiment d'insécurité. Je venais de prendre conscience de mon état, celui d'un intrus égaré sur une scène de crime.

Cette amère réflexion me hanta durant le vol d'Iguaçu à Salta. Ma priorité, une fois parvenu à bon port, serait de flirter à nouveau avec la rousse locale. Je rabâchai déjà ma future intervention et comptai pouvoir être entendu par des flics moins crétins.

L'aérodrome étant de taille modeste, il me fut aisé de loger le correspondant de l'agence de location qui flemmardait au milieu du hall, brandissant un panneau sur lequel on pouvait lire : « senior Mauran ». Je me dirigeai d'un pas sûr vers le petit bonhomme.

Débarrassés des politesses d'usage, nous nous installâmes sur les banquettes réservées aux passagers en transit. En cinq sec, le contrat fut bouclé et je pris possession du véhicule garé devant la porte principale. Je m'installai confortablement et entrai sur le traceur, l'adresse de la Garde civile ainsi que celle de mon hébergement.

Tandis que je tâtonnais, un flot de passagers déferla vers la file de taxis. Inconsciemment distrait par ce tohu-bohu, je levai la tête et accompagnai le cortège.

Avec effroi, je reconnus mon imposteur qui traversait la chaussée. Répondant à un réflexe stupide car il m'avait déjà dépassé, je me recroquevillai au fond du siège en gardant prudemment un œil sur lui. Mon cœur tambourinait dans sa cage.

Il constituait une menace et, je me reprochai de lui avoir dévoilé, dans l'atmosphère détendue du dîner, le menu circonstancié de mon excursion.

Désormais, j'en étais sûr ! Il était lancé à ma poursuite après s'être débarrassé de sa femme.

Mon inquiétude n'éclipsa pas ma curiosité qui finit par refouler mes frayeurs. Il portait le costume de la veille et serrait contre sa poitrine, une valisette imitation croco. La voiture démarra. Machinalement, j'enclenchai le contact et lui emboitai le pas.

La conduite ma calma. Je positionnai l'adresse du Salar Palace, car je ne voulais pas me laisser embringuer dans une virée que je pourrais regretter. Je surveillais l'itinéraire et constatai que nous nous acheminions vers le centre de l'agglomération. Après une courte portion d'autoroute, parcourue tambour battant, nous atteignîmes les faubourgs de Salta.

Les maisons basses richement teintées, au cachet d'échoppes bordelaises en plus modeste, défilaient à vive allure. Nous approchions maintenant du cœur et les demeures se faisaient plus belles, les façades plus hautes, les balcons plus spacieux.

Un coup d'œil sur l'écran me ramena sur terre : il filait droit vers ma destination. Je ne me souvenais pas lui avoir énuméré avec autant de précision mes différentes étapes, ce qui provoqua ma panique. Je n'eus guère le soin de me soucier qu'il stoppa net devant une église.

Il en sortit lentement, jeta un œil entour, ramassa sa mallette et régla la course. J'avais ralenti au point d'être pratiquement à l'arrêt. Il arpenta les marches à grands pas et disparut à l'intérieur. Je me garai sur le trottoir à une dizaine de mètres du parvis, décoré d'un portrait de la vierge Marie sur lequel était, sans surprise, inscrit : « Iglesia Santa Maria ».

Une tenancière municipale qui distribuait des invitations à contribuer au festin de l'état, me houspilla prestement, menaçant de flanquer ma caisse en fourrière. Je songeai l'entretenir de mon problème, mais brûlait dans ses lucarnes un tel foyer d'imbécilité que je préférai rejoindre ma chambre.

L'installation et ses contingences me monopolisèrent sans que je perdisse toutefois le cours de l'histoire. Il ne s'était pas rendu directement là par accident. Son train décidé en gravissant l'escalier et son entrée franche témoignaient d'une fréquentation habituelle.

Je soignai ma tenue pour ne pas faire trop touriste et m'y rendis d'un pas assuré. Je spéculai sur l'origine de sa venue et concevais difficilement des motifs purement religieux.

Je pénétrai dans la nef et me signai devant la madone. La basilique était déserte. Perdu dans son coin, un modèle réduit de paroissienne priait, agenouillé, le minois prisonnier de ses menottes.

La fraîcheur et le calme contrastaient avec le tumulte et la fournaise qui régnaient dehors. J'avançai pas à pas, partagé entre un recueillement de circonstance et l'observation des décorations agrégeant les époques classiques et baroques pour former ce style colonial typiquement Argentin.

À hauteur du transept, j'aperçus une fermeture en bois à laquelle on accédait par deux marches en granit très inconfortables. Je poussai la lourde qui résista à ma pression et débouchai ainsi dans une enclave carrée aux murs tapissés de boiseries grossièrement sculptées qui m'offrit pour unique spectacle, un assortiment de vêtements sacerdotaux suspendus dans des niches.

Je foulais pour la première fois le laboratoire d'une boutique bondieusarde. Une forme de mystère instinctivement entretenu depuis les cours d'instruction religieuse s'évanouit devant la banale matérialité de ces oripeaux.

J'allais opérer un demi-tour quand la femme, sa dévotion accomplie, me murmura :

— Vous cherchez quelqu'un ?

Bafouant le caractère sacré de ces lieux, je mentis et m'empressai de lui répondre que le père…

— El padre Javier ?

Sans réfléchir, je lui rétorquai :

— Oui, c'est cela, je suis attendu…

Heureuse de se rendre utile, sans discussion, elle me conduisit vers la sacristie : une maisonnette aux volets pervenches qui se cachait derrière l'édifice au fond d'un courtil herbeux.

À quelques pas du perron, elle prit congé en reculant, et, d'une politesse obséquieuse, me remercia, comme si ce lieu, d'ordinaire, lui était proscrit.

Je frappai plusieurs coups avant qu'on ne daigne m'ouvrir. Une baraque à la soixantaine bien sonnée, les cheveux ras, taillée dans la masse à la Bruno, mais en version curé, entrebâilla le vantail et doucement s'excusa en ces termes :

— Pardonnez-moi, il arrive à mon âge, que mon corps me trahisse et abuse d'une sieste chrétienne.

J'affectionnai la tournure, même si le précepte de roupillon sacral, me laissait sur le flanc. Je l'étudiai de la tête aux pieds et relevai un détail : un insigne identique à celui que portait l'homme à la couleur café au lait.

Je ne vis plus un serpent, mais distinguai nettement un « S » enlacé autour d'un « J », le monogramme de la Compagnie de Jésus. J'accusai le coup, déstabilisé par ce nouveau rebondissement : quel rapport reliait mon fieffé coquin aux jésuites ? Une imposture d'un nouveau genre ? Me reprenant, je me présentai au père Javier, qui à son tour déclina sa qualité :

— Padre Téodorico Javier, prêtre de…, mais, soit !

Je présume que vous venez ici dans un but précis.

— Pour être franc, …

J'improvisais au fur et à mesure :

— Vous m'avez été recommandé, par l'un de vos collègues, pardonnez-moi si le terme est impropre, rencontré dans l'avion de Buenos Aires. Au cours du vol, nous avons causé des missions jésuites, et, à ce propos, votre nom a été évoqué. Nos taxis se suivant, il m'a semblé le voir pénétrer ici.

J'avais du mal à retomber sur mes pattes.

— Nombreux sont les frères qui viennent me consulter. Si vous me disiez comment il se nomme, je pourrais vous aider.

— Cela vous paraîtra singulier, mais nos échanges furent si emballés que nous en omîmes les civilités d'usage.

Avant de lui donner le loisir d'intervenir, ayant dans l'intervalle pris place sur une chaise capitonnée de satin olive, je lui décrivis avec précaution la personne que je recherchais. Sa bouille s'éclaira et il s'exclama avec un mélange de respect et admiration :

— Vous voulez parler de Monseigneur Anselmo Ribera, notre primat…

Alors là, l'abbé, tu me la coupes ! ne pouvais-je m'empêcher de penser.

Décidément, plus rien ne pourrait m'étonner :

— J'aurais conversé pendant tout le voyage avec l'évêque de Salta ?

Il rectifia :

— Pas exactement. Monseigneur Anselmo Ribera officie dans le diocèse de Cafayate. Mais il a débuté son sacerdoce ici-même, avant que plus tard, je prenne sa succession.

Peu m'importait de quel bled il venait. Je ne comprenais plus rien et m'empêtrais face à ces extravagances : un tavernier qui se métamorphose en bas violets et dont la bourgeoise est maboule… Comment pourrais-je servir çà aux flics, sans passer pour un fou ? Il me tira provisoirement de la panade :

— Vous savez Monsieur Mauran, le départ d'Anselmo pour Cafayate, plongea notre paroisse dans une extrême affliction. C'est vraiment quelqu'un de formidable. Je me réjouis qu'il continue de fréquenter régulièrement Santa Maria et m'ait choisi pour confesseur.

En entendant cela, je bouillais de connaître quelle inconduite méritait un crochet en avion. Je n'eus guère le loisir de cogiter qu'il revint à la charge :

— Si Monseigneur a considéré devoir vous patronner auprès de moi, c'est que les missions vous captivent.

Le film de Roland Joffé avec de Niro, sur la conquête finale, embrassait toute ma culture. Pour ne pas passer pour un sot, je devais lui poser une colle. Je me lançai :

— Ne vous méprenez pas, je ne suis qu'un amateur plutôt curieux …

Il me coupa froidement :

— Je n'imagine rien.

Il me mettait mal à l'aise :

— La vision romantique qui nous est proposée sous l'aspect d'un Éden terrestre, m'interpelle. Elle occulte les agissements du pouvoir jésuite qui, outrepassant son rôle pastoral, s'évertua à diriger et administrer les missions. En s'adonnant à la politique, exercice mortifère par excellence, ne scellèrent-ils pas leur sort dès les prémisses de cette expérimentation ?

Ouf ! Je l'ai dit…

— Ceux qui osent qualifier d'utopie cette expérience devraient en appeler aux archives qui confirment la réalité et le succès de ces communautés chrétiennes.

— Ma remarque ne visait pas à remettre en cause la base de leur ouvrage ni les droits particuliers conquis. Je m'intéresse à leur morale politique et à leur responsabilité dans les massacres qui suivirent.

— Soyez plus précis.

— La Compagnie de Jésus, dès lors qu'elle entreprit d'étendre son hégémonie sur de vastes et riches terres appartenant à la couronne pour instaurer une puissance communautaire, ne pouvait ignorer que fatalement, elle entrerait en conflit avec l'Espagne. Elle devait déjà pressentir que la guerre viendrait et conduirait au massacre de milliers de Guaranis.

— Les choses ont été un peu plus complexes. Que les jésuites se soient approprié le pouvoir politique n'a en soi, rien de très original. La papauté avait tracé la voie sans état d'âme. Par contre, la facture de leur gouvernement, vous en conviendrez, est beaucoup plus remarquable. Quant à leur responsabilité, permettez-moi d'en douter. Si pour entreprendre, il fallait constamment être garanti du succès, alors notre séjour sur terre, ressortirait bien terne. Je ne retiendrais que ceci : l'expérience fut concluante.

Ce jugement sans appel, prononcé en détachant chaque syllabe, clôtura notre entretien. Se penchant alors vers moi en simulant un grondement :

— Si vous me disiez ce que vous cherchez…

Son sens subtil de la psychologie me déconcerta. Je ne me voyais pas lui débiter mes fadaises, convaincu qu'il ne goûterait que médiocrement, les attaques portées contre son protégé. Je me concentrai car je vis le père Javier sur le point de s'échapper.

Ses traits qui se durcissaient, et son front plissé, trahissaient la naissance d'un soupçon. Et pourtant, il en savait sacrément plus. Il me fallait absolument trouver une échappatoire.

— Je souhaiterais me confesser.

Son regard me fusilla et il ajouta, d'une corde acerbe :

— La confession ne se pratique pas à la légère. Quiconque s'y hasarde doit ressentir dans le fonds de son âme, la joie du repentir.

Chacune de ses réflexions à présent me mettait en difficulté. Depuis le catéchisme, ce truc malsain avait déserté ma conduite spirituelle. Je sacrifiais de nouveau à ce cérémonial pour tenter d'en savoir plus. Je savais pertinemment qu'il ne pouvait refuser de m'entendre.

S'étant saisi d'une étole qui traînait sur une desserte, il l'enfila autour du cou et me précéda dans l'église. Nous entrâmes par la trouée qui donnait sur un des transepts et nous nous dirigeâmes vers un confessionnal.

Il ne tarda pas à s'apercevoir que le rituel m'échappait totalement ce qui réveilla chez lui un agacement perceptible. Il comprit que je désirais le duper.

Ce chavirement de nos rapports ne me déplaisait pas. Je déballai tout, sans omettre le plus infime détail, en plagiant la forme d'une contrition, les actes se transformant en mauvaises intentions non charitables envers son Éminence.

Stoïque, il m'écouta sans regimber. J'espérais qu'il me questionne, exige des précisions, comme savent si bien le faire les curés auprès des petits garçons.

Au lieu de cela, la haine le transfigurant, dans le silence solennel du sanctuaire, son mascaron glaçant me hurlait d'en finir.

Respectant son mutisme volontaire, j'inclinai la tête. Il conclut le sacrement en me bénissant du signe de la croix. Alors que je briguais une pénitence, genre une flopée d'ave maria, il me relâcha sans punition.

Quand nous fûmes hors du confessionnal, bien décidé à ne pas le lâcher, je me plantai devant lui. Il affichait, par je ne sais quelle diablerie, cette physionomie douce et quiète avec laquelle il m'avait accueilli. Cependant, il dissimulait avec peine des marques d'épuisement, résultat sans doute, de ce qu'il venait d'entendre.

— Voyez-vous Monsieur…

Il ne m'appelait plus par mon nom.

— … votre manœuvre, que vous estimez certainement astucieuse, ne saurait m'abuser. Si malgré mon avertissement, vous avez cru bon d'exciper ce révéré sacrement comme artifice pour parvenir à vos fins, vous en sortez fort contrit. Je vous ai exempté de pénitence car, souvenez-vous de ma monition : il ne peut y avoir d'absolution sans résipiscence.

— Bordel ! C'est pas ça, mon coco qui va me faire avancer, pensai-je en moi-même.

J'insistai pour qu'il réagît, espérant provoquer en lui un quelconque embarras. Avec cet ineffable sourire qu'affectent les individus à la conscience tranquille et brandissant résolument l'index pour m'intimer le silence, il réenchérit :

— Ce serait facile, s'il en allait ainsi. Nous autres gens d'église somment tenus au secret de la confession, règle inviolable régie par le droit canonique.

Je l'interrompis sans ménagement car il commençait à me gonfler avec ses locutions alambiquées.

— Votre atticisme spécieux ne me détournera pas de ma préoccupation. Je songe aux personnes menacées…

Surpris que je puisse élever mon langage à la hauteur de son verbe, il écarquilla les yeux. Je ne lui laissai pas le temps de se reprendre.

— Je n'ignore pas cette clause du droit canon. Mais son caractère absolu, lorsqu'il s'agit notamment de crimes, suscite de plus en plus d'objections au sein même de votre coterie.

Ce à quoi il répliqua :

— Je vous soupçonne d'être averti de ces sujets, mais notre commandement échappe aux lois temporelles et l'enfreindre m'engagerait sur la voie de l'excommunication.

J'éprouvais de plus en plus de mal à endiguer la colère qui couvait en moi. Je ne tolérais pas qu'on puisse se retrancher derrière Dieu pour nier la réalité et je le lui balançai à la figure.

Il en fallait plus pour le déstabiliser et avec une hardiesse qui me désarçonna, il conclut :

— Il ne vous est jamais venu à l'idée, Monsieur…

Il prononça « môssieur », pour me rabaisser.

— … qu'il est inhabituel qu'un criminel vienne confesser ses crimes ? Au cours de mon sacerdoce, sachez que je n'ai jamais été confronté à pareille situation et votre confession, ou disons plutôt, votre dénonciation ne change rien.

Sa logique implacable me déroutait et je me sentis à court d'arguments. Comme si rien n'était, il me reconduisit jusqu'au porche, me murmurant à l'oreille qu'après dîner, sur le parvis de la cathédrale de Salta, il animerait un concert de rue.

Alors que je m'éloignais, terriblement déçu, il m'adressa un salut cordial en lançant :

— Venez, je compte sur vous, nous pourrons parler…

Ce dénouement insignifiant ralluma en moi une flammèche d'espoir. Bien que cela me scandalisât, je connaissais désormais l'identité et la dignité de l'homme à la couleur café au lait. J'espérais que le père Javier se lâcherait et me rencarderait sur ce drôle d'apôtre.

Malgré tout, je ne perdais pas de vue mon objectif prioritaire : déclarer à la police de Salta les faits intervenus depuis Iguaçu.

CHAPITRE 5 : AUX VENTS DE LA PLACE DU 9 JUILLET

Cette nouvelle audition me tracassait. J'appréhendais d'avoir à expliquer à de nouveaux enquêteurs l'aberrante conversion d'un dirigeant d'hôtel en notable ecclésiastique. Cette image me chiffonnait même si le cocasse m'apportait une certaine dose de plaisir.

Je parcourus l'espace qui sépare Santa Maria de la place du 9 juillet d'un pas alerte, déterminé de me montrer plus convaincant qu'à Iguaçu. Il importait de recouvrer un minimum de sérénité et pour cela je recherchai un point de chute paisible.

Le café « GOGH », logé à l'écart des bars branchés et tapageurs du nord de la place, retint mon attention, en raison de l'effacement accidentel du VAN qui conférait à l'établissement un parfum particulier. Je commandai une bière et me renseignai sur le poste de police. Le garçon, en posant le litron sur la table me désigna à l'autre bout de la place, une ruelle attenante à la cathédrale.

Il ajouta :

— Vous ne pouvez pas le louper, vous verrez les fourgons rouges des pompiers.

Ce détail me parut singulier. Je ne réagis pas et avalai la blonde, l'œil rivé sur mes voisins de table, honteux de la quantité de bière qu'on venait de me servir. Tout le monde s'envoyant d'énormes bocs, je fus rassuré.

Les bureaucrates débauchant, le troquet se peuplait. Émoustillé par l'alcool, je jugeai opportun de décaniller, prêt à affronter les loups.

Je dénichai leur tanière sans trop de difficulté. Il s'agissait d'une forteresse inélégante, divisée en deux corps de bâtiments surmontés de frontons néo quelque chose...

Une aile massive bâtie en décrochement de l'artère, héberge la caserne des soldats du feu et leurs fameux camions.

Dans la division réservée à la police, campent quelques berlines bleues tandis que la partie administrative forme le noyau central. En pénétrant dans l'antre, le ballet des tuniques, des brodequins et des galons égratigna quelque peu ma confiance. J'aurais dû finir la bouteille.

Je m'adressai au planton, dont les marques d'hospitalité, empreintes d'une rudesse discourtoise, me firent savourer les finesses policières. Par je ne sais quel sortilège, cet homme plutôt insignifiant réussit à me faire douter de ma propre innocence.

C'est dans cet état d'esprit particulièrement stressé que je fus reçu par deux gradés, assistés d'une stagiaire, une jeune et jolie brune plutôt bien roulée.

À la différence d'Iguaçu, le protocole s'enchaîna avec plus de justesse et les questionnements sur mon pedigree, mes origines, les causes de ton absence etc… furent examinés avec soin.

Les deux pandores et la brunette déclinèrent leur qualité. Je ne retins que celle de l'officier qui cornaquait la séance, un certain Iniazio Unamuno.

Bien que l'ayant préalablement informé de ma démarche auprès des autorités brésiliennes, comme je le craignais, ma tentative de les convaincre échoua pitoyablement.

Malgré leur désinvolture, ils appliquaient une procédure bien huilée, sans manifester d'énervement. J'appréciai qu'ils se fussent, devant moi, gardés de propos tendancieux ou de moqueries. Pendant l'interview, la stagiaire, assise en retrait, demeurait attentive.

Bien qu'elle observât le silence, sa gestuelle m'instruisait d'un jugement nuancé. J'entrevoyais dans ses mimiques discrètes une once de bienveillance. À chaque déconvenue, je risquais un coup d'œil vers elle pour glaner un peu de réconfort.

À plusieurs reprises, sa frimousse s'anima, dévoilant ses pensées. Je venais peut-être enfin de décrocher une alliée. L'issue était imminente.

Je m'astreignis à une tracassière épreuve de signatures et récupérai mon passeport. Comme à l'accoutumée, si je puis dire, le grand chef me largua sur le pavé, grasseyant des banalités aussi rassurantes qu'absurdes. En me secouant vivement la poigne, il me salua poliment et ajouta, résigné :

— Un évêque … vous vous rendez compte !

J'ignorai cette ultime boutade pour me diriger vers la place du 9 juillet. Je me demande si j'étais déçu.

À hauteur de la cathédrale, je bifurquai dans une impasse endormie pour éviter la foule qui enflait à chaque seconde. La soirée s'annonçait agréable.

Un vent léger balayait les ultimes miasmes de canicule. Profitant du « paseo », la création s'accordait une trêve pour laisser les mortels souffler.

Il restait du temps avant le dîner et bien que mon hôtel fût voisin, je décidai de ne pas y retourner. Ayant repéré en face, un kiosque à journaux, je traversai la rue pour m'y rendre. Avec précaution, car en Argentine, les piétons respectent les automobilistes.

Je farfouillai dans les présentoirs à la recherche d'une presse sportive, pour enfin m'arrêter sur « Los Andes », la gazette de Mendoza qui comprend un supplément

« *deportivos* ». Puis, je retournai sur mes pas pour m'installer à la terrasse d'une sorte de café épicerie, qui trafiquait un mélange de rafraîchissements et de victuailles à consommer sur place.

Tout ce monde qui grouillait, me fila la pétoche. J'abandonnai ma position exposée pour m'abriter à l'intérieur, de là où je pouvais surveiller l'entrée.

Je commandai un soda et choisis dans la vitrine réfrigérée, une appétissante « tortija », miniature de soucoupe volante à la croûte dorée, truffée d'œufs et de brisures de légumes.

Grave ! J'engloutissais quatre de ces ovni.

Ce soir-là, l'atmosphère de Salta, embuée d'une animation feutrée se prêtait à pareille volupté. Les petits bonheurs ne fleurissant jamais seuls, je ne remarquai pas immédiatement la jeune fille.

Dissimulée aux trois quarts, son visage m'était masqué. Mais son profil l'identifia mieux que ses traits. Je me hâtai de la rejoindre.

L'apprentie inspectrice, surprise, sursauta avant de manifester un enthousiasme qui me parut sincère. Elle m'entraîna au fond du local. Son souci de discrétion collait bien avec l'état de mon courage.

Elle ne souhaitait pas qu'on nous voit ensemble. Amanda Cabestany, je dus lui faire répéter son nom, entra de suite dans le vif du sujet :

— Accuser un dignitaire de l'Église, une huile de la province ! Vous pensiez quoi ? Qu'on allait vous offrir le thé …

C'était du bon sens, mais je persistai :

— J'enrage à la pensée qu'une institution au service de la loi puisse abdiquer ainsi devant un cénacle de hobereaux de province.

Elle me regarda, amusée. Le padre déteignait sur moi. Je m'excusai :

— Chez nous à l'école, on apprend plus l'Espagnol littéraire que le parler des rues. Je voulais dire que les lois sont les mêmes pour tous…

Nouveau flop. Elle grimaça une moue désabusée :

— C'était très drôle, le taulier qui troque sa livrée pour la calotte …

Elle me charriait.

— Je sais, je me suis trompé sur la condition du coupable. Je comprends que le changement de version paraisse grotesque.

Comme elle temporisait, soucieux de mon amour-propre, je lui demandai :

— Dites-moi, après mon départ, se sont-ils moqués de moi ?

Sa bille navrée me renseigna plus qu'un long discours. Je lui fis signe de la boucler et poursuivis, car je souhaitais en savoir davantage :

— Pensez-vous que le capitaine Unamuno se soit rapproché de son collègue brésilien ?

Là encore, la réponse fut négative. L'affaire allait être classée sans suite. Elle avait bien essayé de convaincre le capitaine d'effectuer quelques vérifications de routines, mais s'était heurtée à un mur.

— Les leçons remâchées d'une débutante ne font pas le poids face à l'infaillibilité d'un mâle dominant, ajouta-t-elle.

— Quoi ?

— J'ai conscience de mon inexpérience. Par contre, les protocoles que nous devons appliquer lors des investigations, comme je sors de l'école, je les connais encore…

— Ils auraient commis une erreur ?

— Pas exactement.

— Une négligence ?

Je l'embarrassais.

— Le règlement applicable en présence d'un témoin, vous en l'occurrence, a été…

Je lui coupai la parole :

— Salopé !

— Disons plutôt ignoré …

— C'est pire !

— La première chose dont il convenait de s'assurer, c'était votre crédibilité.

Ces avancées me confortaient, mais concrètement, ça ne servait à rien. Conscient de piétiner, je l'acculai :

— Et vous, qu'en pensez-vous, pourriez-vous m'aider ?

— Vous ne me laissez pas finir. Dans ce dossier, tout paraît extravagant, mais le plus étonnant voyez-vous, ce n'est pas le manageur, ni le vicaire ou la mystérieuse dame nue, mais bel et bien vous !

— Expliquez-vous…

— Dès le début, je me suis étonné qu'un globe-trotteur plutôt blindé, exerçant une profession honorable, puisse se transformer en « *mythomane pervers* » …

— Pardon, que dites-vous ? Vous pourriez répéter.

— Je me contente de rapporter des propos réellement tenus.

Cet aveu me découragea. Je l'écoutais distraitement :

— Une recherche fouillée auprès des renseignements français aurait pu donner du crédit à vos allégations.

— Au lieu de cela, vous m'avez jugé, sans vous casser la tête.

— Je suis désolée, je n'y suis pour rien.

Je sollicitai son aide, mais elle se montra réticente, son absence de grade ne lui tolérant aucune initiative. Il manquait une preuve, un argument qui lui permettrait d'alerter un de ses collègues et relancer l'affaire.

Elle inscrivit son numéro de portable sur un billet et, avant de me quitter :

— Voici. Au cas où…

Je restai attablé, pensif, déterminé à continuer de fouiner. En attendant le dîner, je dépouillais les résultats sportifs. Puis las, je me rabattis sur les autre pages, quand un court encadré attira mon attention :

« Chute mortelle à Iguaçu ». Le choc !

On parlait d'un corps non identifié de sexe féminin, découvert environ cinq cents mètres en aval du lieu-dit « la gorge du diable ».

En l'absence de témoin, le journaliste se livrait à des supputations, privilégiant la thèse du suicide : la malheureuse se serait jetée de la plate-forme du versant argentin.

Je ne croyais pas aux coïncidences. Le corps de la victime ! Pour moi, cela ne faisait aucun doute, il s'agissait de la créature du salon… Je m'empressai de composer le numéro d'Amanda, mais tombai sur sa messagerie :

— Je tiens votre preuve ! Achetez « Los Andes » et reportez-vous, page huit. Vous y découvrirez un entrefilet titré : « Chute mortelle à Iguaçu ». Et surtout, n'oubliez pas Frida Kahlo ! Je compte sur vous.

L'annonce de la mort de l'inconnue m'affecta superficiellement. J'éprouvais du mal à m'apitoyer sur le sort d'une femme dont ni l'odeur, ni la voix, ni la chaleur ne m'étaient familières. Qu'elle fût la compagne d'un évêque me paraissait impossible.

Mais son signalement demeurait mystérieux et les liens qui les unissaient, restaient obscurs, même si leur caractère malsain se précisait. Je ressentais une vive acrimonie envers le père Javier, convaincu qu'il en savait plus.

Il me tardait de lui annoncer la nouvelle. La pendule au mur affichait 20 H 17. Je me hâtai d'aller dîner. Il ne pouvait être question de rater le concert. Mon choix se porta, dans une venelle égarée du centre, sur un modeste restaurant à la carte timidement française.

Le cuisinier en tenue d'apparat, toque tricolore et tablier tour Eiffel m'accueillit, en Français d'un :

— Bonsoir Monsieur.

— Bonsoir, je suis ravi de …

M'interrompant, le maestro, un gus corpulent aux hanches charcutières, m'avoua la bobine confite ne pas parler notre langue. Je flairai la déception du popotier, qui, dépité de coudoyer un authentique gaulois dans sa taverne, tourna les talons.

Je m'installai à l'unique table prévue pour un convive solitaire et profitai d'une excellente récréation au milieu d'une clientèle de quartier bercée par les langueurs du tango.

Le concert approchait. Je rallongeai mon café avec de l'eau et du sucre pour prolonger la douceur de l'intermède, puis rejoignis la place du 9 juillet, peu avant 22 heures.

Les terrasses des cafés étaient bondées. Dans les squares, les enfants criaient et couraient en tous sens, sous les regards complices des papas, tandis que les épouses suspendaient leurs commérages pour marmonner de molles réprimandes.

Il faisait très chaud : le thermomètre avait dépassé les 40 degrés dans l'après-midi, et la fraîcheur peinait à s'installer. Un léger souffle dévalant la Cordillère troussait les jupes des filles complaisantes, sous l'œil mutin de la graine masculine.

Des panachés de musiques montaient des bistrots, étouffés par le brondissement des voix. La foule des badauds enflait et se fondait en un courant invisible et musard qui suintait dans les ténèbres balbutiantes de la douce Salta.

Ma journée, plutôt animée, avait occulté la menace qui pesait sur moi. La disparition de l'inconnue accentua ma peur et j'envisageai à regagner la France.

Je balançais entre la trouille et la curiosité qui me retenait sur ce continent. Finalement, je me décidais pour le Pérou. J'ignorais que l'avenir m'entraînerait sur des chemins différents.

Sur le parvis, une clique barbue s'employait autour d'enceintes et de platines. Le concert n'avait pas débuté.

J'en profitai pour visiter la cathédrale. De l'extérieur, elle étale une façade néoclassique dépouillée de fioritures qui ne la distingue pas d'un tribunal ou d'un palais officiel.

Par contre, l'intérieur brille d'un rayonnement particulier où le chœur exhibe ses ors sans pudeur, tandis que la nef aux colonnades blanches marbrées de sang restitue à l'édifice sa vigueur gothique.

Quand les cloches entonnèrent leur récital, je sortis et me rapprochai. Les musiciens étaient en train d'accorder leurs instruments, malgré le vacarme ambiant.

Une nuée de paroissiens s'était agglutinée au pied de l'estrade. Le père Javier, vêtu d'un jean et d'un tee-shirt frappé à l'effigie du Christ se tenait en retrait des planches, un micro à la main. Le concert commença.

Des chants religieux alternèrent avec des musiques plus modernes, les spectateurs communiant en frappant des mains. Malgré la liesse, je ne perdais pas de vue mon plan initial.

C'est lui qui vint vers moi.

— Que pensez-vous de ce spectacle Oscar ?

Je ne répondis pas immédiatement. L'irruption de cette familiarité soudaine me laissait dubitatif. Mais, prenant garde de ne pas le froisser, non sans hypocrisie, j'enchaînai :

— Il n'est pas terminé j'espère…

Il avait l'air content mais je me méfiais. Pressentant qu'il n'exhumerait pas de lui-même notre controverse de l'après-midi, je pris l'initiative :

— Vous vouliez me dire quelque chose ?

Sans se départir de son calme habituel, un rire contraint aux lèvres, il me signifia en termes policés mais fermes que notre précédente entrevue avait clos le débat. Puis, devinant ma crispation, il ajouta :

— Pour vous rassurer, et sans renier les vœux qui me lient, je vous prie de m'écouter attentivement. Ni votre confession, je suis généreux d'honorer ainsi un subterfuge béotien, ni celle de quiconque, n'ont su semer tourment et encore moins initié un quelconque cas de conscience.

Ses sentences pommadées m'irritaient au plus haut point. Décidément, nous ne gravitions pas dans la même galaxie ! Je m'accrochai et lui jetai carrément à la figure l'édition de « Los Andes » :

— Et ça, est-ce un tourment ou un cas de conscience ?

Il lut l'article sans paraître affecté. Il restait indifférent, puis, se reprenant :

— Ce que vous me montrez là est bien fâcheux, mais la corrélation avec ce qui vous préoccupe me semble bien ténue, car la pauvre a chuté du côté argentin. Votre imagination conforte votre pertinacité, mais les faits sont têtus. J'ai eu le loisir de vous observer et constater votre ardeur capricante à conclure, sans même consacrer l'introspection nécessaire à toute manœuvre complexe. Les mystères sont plus rares qu'on veut le croire. La vérité exige circonspection, patience et réserve. Trop souvent, par souci évident de vouloir bien faire, on se contente du cœur. On néglige les actes pour les tordre au risque de sombrer dans le fantasme.

— Ouais ! t'est pas jésuite pour rien ! pestai-je en moi-même.

Une rage intérieure me travaillait. Je ne lui permis pas de savourer son avantage. Sans m'emporter, je le provoquai :

— Mon père, je conçois que mon tempérament impulsif puisse me jouer de vilains tours, cependant, je vous adjure de bien relire l'article, et me dire si vous n'y décelez pas d'incohérence.

Surpris par tant d'insistance, il rechigna puis s'exécuta. Je l'épiai en train de zieuter le canard et le vis froncer les sourcils, contrarié de ne rien trouver, pour enfin concéder :

— Non, je regrette, vraiment je ne remarque rien…

— Putain ! enfin, je te tiens, jubilai-je en moi-même.

D'un timbre plus posé qu'à l'ordinaire, je l'entrepris :

— Vous connaissez bien l'endroit…

Ne sachant pas exactement où je voulais en venir, il acquiesça :

— En de nombreuses occasions, il m'a été donné d'accompagner des norias de jeunes fidèles…

Des « norias ». J'en demandais pas tant.

— Parfait ! Donc, vous vous rappelez du dernier suicide ?

Il se grattouilla le menton, me fixant d'un œil inquisiteur.

— Quel suicide ?

— Je vais vous expliquer. Le journal suggère que la victime effectuait une promenade seule lors de la tragédie. Or, dès l'amorce de la passerelle, c'est une véritable chenille humaine qui se forme, et ce, jusqu'à la plateforme du diable.

Il commençait à piger où je voulais en venir :

— Une chute accidentelle peut-être ?

— Vous êtes de mauvaise foi ! L'intégralité du site est hérissée de garde-corps infranchissables, sans cesse sous la surveillance des agents du parc. Un suicide est impossible.

Il n'avait rien négligé de ma démonstration. Il se cambra, respira profondément, comme à chaque fois qu'il s'apprêtait à balancer une vacherie.

— Qui vous dit que la malheureuse n'a pas profité de la fermeture et de la pénombre pour enjamber les barrières et se précipiter dans le vide ?

— Les autorités ont pallier cette éventualité. Le boyau est conçu pour pouvoir être condamné une fois les visites terminées. À la brune, le moment propice où de tels errements seraient possibles, la gorge du diable est bouclée, rendue inaccessible.

Le padre, rêveur, se claquemurait dans un mutisme amorphe. Cette cécité verbale me tapait sur le système. Aussi, mon langage se durcit :

— Si elle s'est foutue à la baille, elle n'a pu le faire que du côté brésilien où les sécurités sont inexistantes.

Et dans ce cas, la concordance avec mes ragots devient crédible, l'hôtel Malevola se situant au pied des chutes…

Sûr de mon raisonnement, j'attendis sa réplique. Malgré sa confusion qui me combla d'aise, il parvint à me dérouter :

— J'ai des devoirs, il faut que je reprenne le concert. Nous nous reverrons à la pause.

Devoirs mon cul ! Il se carapatait et Dieu sait de quelle couillonnade il allait m'entretenir.

L'entracte survint et le père Javier ne se déroba pas :

— J'admets, vous appréciant comme une espèce sensée, et même si votre inclination lunaire parfois éclipse l'intellection, que l'accordance résonne étrangement. Mais en quoi puis-je vous être utile ?

Comme je ne m'attendais plus à un revirement au sujet de la confession et dans le fonds, convaincu qu'Anselmo, ne lui avait rien avoué, je renouai avec des sollicitations plus terre à terre, ce que j'aurais dû faire depuis un bail.

— Merci, comme vous le connaissez bien…

J'évitais de décliner son rang, tant par répulsion que pour valoriser celui de mon interlocuteur.

— … j'aimerais en savoir plus sur son caractère, des anecdotes ou des faits insolites … pour comprendre.

Il se lança dans un éloge appuyé de son chouchou en commençant par son baptême. Juste après avoir été ordonné prêtre, il avait initié son sacerdoce par ce sacrement.

Je m'inquiétai auprès de lui de cette précision. Persuadé selon ses propres dires, qu'il avait succédé au père Anselmo à la tête de Santa Maria …

— Je me félicite que vous ayez retenu mes leçons. L'observation domine enfin vos affabulations : les deux informations sont exactes. J'ai effectivement inauguré mon sacerdoce dans la paroisse de Nuestra Señora de la Merced, celle qui vit naître Diego, je veux dire Anselmo.

Bien des années plus tard, quand il fût nommé au diocèse de Cafayate, il intercéda pour que je lui succède à Santa Maria où je compte bien achever mon ministère…

La sonnerie du portable l'interrompit : c'était Amanda. Depuis le bistrot de Salta, nous ne nous étions plus causé.

— Avez-vous écouté mon message ?

— Oui, je me suis procuré le journal.

— Alors ?

— L'article est troublant. Je suis parvenue à persuader l'un de mes supérieurs d'entrer en relation avec les Brésiliens.

J'étais très excité et la pressai.

— La morte ayant été repêchée sans papiers, n'a pu être identifiée…

— C'est tout ? Ils n'ont rien fait d'autre ?

— Si. Aucune disparition n'ayant été déclarée, ils ont vérifié le fichier central des empreintes digitales et celui des traces génétiques.

— Et alors ?

— Rien !

J'étais sidéré. L'incident étant censé avoir eu lieu, selon la presse, sur le sol argentin, ça les arrangeait. Ils avaient pas envie de récupérer le boulet.

— Ce n'est pas tout. Les analyses réalisées par l'institut médico-légal ont décelé des traces d'alcools et de barbituriques dans le sang, ce qui conforte la thèse du suicide.

Comme elle ne faisait aucunement allusion à mon témoignage, je l'interpellai :

— Et la ressemblance avec Frida Kahlo ?

— Oui, bien sûr ! Mis à part l'agacement du commandant de Carvalho, cela n'a rien donné. Le visage a été défiguré dans les rapides…

Je raccrochai, déçu.

Pendant l'échange, le padre était demeuré de marbre. Il comprit ma déception :

— J'ai comme l'impression que vous venez d'apprendre une mauvaise nouvelle ?

Aucune malveillance ne l'animait, mais je me méfiai. Je passais mes nerfs sur lui :

— Non, ça va pas ! Elle ne parlera plus.

Il lut mon désappointement et prévint immédiatement l'affrontement en reprenant le cours de sa narration :

— Diego disais-je, pardon, Anselmo…

Ce second lapsus me sauva du désabusement dans lequel Amanda m'avait plongé.

— Pourquoi s'agissant d'Anselmo, avez-vous mentionné à deux reprises le prénom de Diego ?

Il ne put masquer son trouble et rougit légèrement. Puis, il enchaîna :

— Vous souhaitiez des anecdotes. Eh bien ! Je vais vous relater un évènement peu commun qui vous aidera à décrypter l'homme et comprendre son exceptionnelle fidélité à la foi chrétienne. Son cycle secondaire achevé, nous nous perdîmes de vue. Il avait quitté Salta pour poursuivre ses études, d'abord à Buenos Aires, puis à Paris et enfin à Rome. Quand il réapparût, il se livra à une confidence, digne de la confiance réciproque qui nous liait : il venait de décider de prononcer ses vœux et me réservait la primeur de cet engagement. Vous imaginez la joie que cette vocation réveilla en moi. Nous passâmes la journée à dialoguer sur l'exercice de son apostolat. Il m'adressa alors un appel insolite.

— Quel genre d'appel ?

— À sa naissance, ses parents, les Rivera, des gens simples et travailleurs, très pieux et peu versés dans les arts, lui donnèrent, sans facétie, le prénom de Diego faisant de lui un monsieur Diego Rivera. Devenu adulte, il parvint au diapason de culture élevée que vous avez pu mesurer.

— Diego Rivera, comme le peintre ?

Il poursuivit, ignorant ma remarque.

— Il abhorra à la fois son patronyme et son prénom. Vous devinez pourquoi ?

— Ouais, s'appeler « Diego Rivera », un peintre communiste aux mœurs dépravées, pas très catholique pour un prêtre !

Le padre ne réagit pas.

— Il me supplia alors de changer dans le registre de la paroisse, qui faisait à l'époque office d'état civil, Rivera en Ribera.

— Vous avez accepté ?

— Touché par l'humanité de sa démarche et fasciné par la pertinence d'une telle adjuration, je ne pouvais qu'épouser son imploration.

C'est reparti ! Tout ça pour dire « oui », pensai-je.

— Et personne ne s'est jamais rendu compte de rien ?

— Ayant moi-même consigné sa naissance, la falsification s'effectua aisément. En cas de découverte, elle affleurerait comme la réparation d'une erreur d'auteur et non comme l'altération ultérieure d'un mystificateur.

De plus en plus attentif, je me permis pourtant de l'interrompre :

— Et que vient faire Anselmo ?

Le père Javier, poursuivant impavide :

— Son prénom ne le satisfaisait pas. Il en souhaitait un qui fut porteur de spiritualité. Comme je ne voulais voir dans ce garçon que l'expression des valeurs chrétiennes qu'il revendiquait et le souci de perfection dans la glorification du sacerdoce qu'il allait bientôt embrasser, je ne fus pas choqué par cette subsidiarité.

Putain, j'en peux plus !

— En clair ?

— Anselmo.

— L'évêque, faussaire ! Troquer son identité de Diego Rivera pour celle d'Anselmo Ribera, c'est bien cela ?

Il poursuivit, ne relevant pas ma vulgarité.

— Pour la première fois, j'eus le pressentiment d'effleurer sa lice spirituelle. Vous vous rendez compte, « Anselmo » ! Il adoptait comme prénom celui de l'archevêque de Cantorbéry qui apporta la preuve de l'existence de Dieu.

— C'est pour ça que vous avez magouillé les registres !

— Ne retenant que la touche sacrée et occultant les peccadilles matérielles, sa prière devînt pour moi, à la lumière de ses épanchements, une nécessité autant qu'une évidence.

— Tu perds les pédales mon pote ! pensai-je.

Je compris que je n'en tirerais plus rien. Mais une chose continuait de me tarabuster :

— Voyons, n'est-il pas étrange de faire une course en avion pour se confesser, puis repartir illico presto ?

Sa raison recouvrée, d'un ton cinglant, il m'asséna :

— Vous vous raccommodez avec vos divagations. Monseigneur n'est pas venu à Salta pour battre sa coulpe, mais pour m'aider à finaliser le dossier de réfection de la toiture !

Avant que je puisse la ramener, de plus en plus vindicatif, il reprit :

— Il a répondu charitablement à mon invite malgré les messes qu'il doit célébrer dans les paroisses d'Angastaco, Molinos et Cachi. Sa charge épiscopale gouverne seule son empressement.

Alors que j'allais regretter cette ultime provocation, je ne fus point déçu :

— *Molinos* avez-vous dit ?

— Oui c'est bien cela, un village des vallées Calchaquies où il doit se rendre demain ou le jour suivant.

Galvanisé par cette nouveauté inattendue, je mis fin à l'entretien et regagnai l'hôtel.

Molinos, « Frida » avait prononcé ce nom à plusieurs reprises. Naïvement, je l'avais relié à Vargas, imaginant que « Vargas de Molinos » formait un nom à particule.

C'était pour ça que mes recherches effectuées jusqu'à présent sur le web avaient échoué. De retour dans la chambre, je me remis sur internet, sans plus de succès : aucun Manuel Vargas à Molinos ! C'est alors que je réalisai qu'il devait être âgé et vivre à l'écart de la toile.

Je me précipitai à la réception où le portier de nuit parvint à travers divers annuaires, à localiser un Alejandro Vargas qui tenait une auberge dans le centre de Molinos.

Enfin, je tenais une indication. La venue de Diego, il n'était plus question que je le cadeaute de « Monseigneur », ne pouvait être un hasard.

« Vargas », « Molinos », tout cela collait parfaitement avec les suppliques de « Frida ». Je m'assurai, sur le site du diocèse du programme de l'évêque et décidai de le devancer. Cela me laissait la journée du vendredi, à condition d'emprunter la « ruta 33 » par le col de l'Obispo.

Je songeai à Amanda. Mais comme il se faisait tard, je me contentai de lui laisser un message. Nous en savions un peu plus sur l'inconnue.

Repoussant ma résolution de quitter l'Argentine, je dormis d'un sommeil léger, souvent réveillé par la pluie qui gratouillait les vitres.

CHAPITRE 6 : LA TRAQUE DE L'OBISPO

Dès l'aurore, une éclaircie illumine Salta. Les citadins se pressent au travail. Je croquai une copieuse croustille et me renseignai auprès du concierge sur l'état de la ruta 33.

Un coup de fil lui fournit des informations qui me contrarièrent : les averses diluviennes avaient occasionné des croulements rendant la chaussée impraticable. Le détour par Cafayate étant trop long, patienter jusqu'à la réouverture du col, restait l'unique option.

Pour m'avancer, je décidai de rallier Chicoana, un humble hameau au pied de l'Obispo. En provenance de Salta, la campagne n'est pas des plus belles, même si la Cordillère à l'Ouest se dévide en un joli ruban discontinu aux pigmentations changeantes.

À la sortie de La Merced, un village-rue monotone, mais planté de dizaines de lagerstroemias qui égaient sa traversée, je m'arrêtai pour prendre à mon bord un couple de routards.

Ils viennent de Bretagne, une terre qui nous rapproche, et bossent à Notre-Dame des Landes contre l'implantation du nouvel espace aéroportuaire. Leur conception du travail et la durée de leurs vacances m'amusent, mais leur énergie et leur culot suffisent à me regonfler le moral.

Bientôt, je les lâche au bord de la N 40 et brave les premiers lacets de la ruta 33. Au voisinage de Chicoana, un barrage me contraint de stopper. Un gendarme fort aimable me confirme l'interdiction de franchir le port.

— La route devrait redevenir praticable dans la soirée. Mais restez prudent. Si la pluie persiste, des éboulements risquent de se produire. Il faudra que vous demeuriez vigilant, surtout dans le noir.

Effrayé à l'idée de devoir rouler la nuit sur une route en mauvais état, je me résignai à coucher à Chicoana.

Quelques instants plus tard, je me retrouve au bar du centre. Une blondinette, pas encore sortie de l'adolescence, me sert un coca. Je l'entreprends pour m'informer sur les hébergements du coin.

Rougissante, elle se retourne vers le taulier, un pante grassouillet, mal rasé et dégoulinant de sueur qui glandouille derrière le zinc. Il me lance :

— « Inferno verde », y'a pas mieux pour des étrangers…

Ni l'enseigne ni la précision ne me rassurent. Je n'ai pas l'humeur à discuter. Échauffé à la vue de cet individu cradoque, je me surprends en train de l'enguirlander. La réponse fusa :

— Tu peux pas t'gourer *tio* ! L'estancia se situe à trois kilomètres, sur la voie à l'angle de la bicoque …

Et comme à l'accoutumée en Argentine et ailleurs :

— C'est facile, c'est tout droit !

J'aurais dû m'en douter. Je le remercie, règle ma consommation puis reprends mon véhicule.

Je me dirige dans la direction conseillée et très vite, je bute sur un sens interdit ! Qu'à cela ne tienne, j'emprunte la rue principale, tourne deux fois à droite et bing ! Devant le bistrot ! La honte…

Je repère un couple de paysans vêtus de sarraus crasseux qui rentrent des champs, encombrés de paniers chargés de légumes. Je tarde à les aborder, mais préfère cette solution à l'humiliation du bastringue.

« Inferno verde », c'est pourtant pas compliqué à capter. Eh bien non ! Ces deux-là restent plantés comme des navets et je ne chope pas un traître mot que le bougre me postillonne à la figure.

Par bonheur, ils en viennent aux mains et alors que je m'essuie la trombine, le langage des signes surmontant les frontières, j'envisage une issue à ce dialogue de sourds. Effectivement, ils font chorus et entament un morceau à quatre mains qui m'ouvre la voie :

— C'est par là… tout droit !

J'ai envie de les tuer. Mais comme j'ai besoin de dormir dans un vrai lit, je m'abstiens.

— Gracias, gracias, gracias !

Malgré mon ton appuyé qui leur signifie mon décret de les congédier, ils ne pipent rien. Je regrette déjà le bistrotier.

Voilà qu'à présent, ils guignent la banquette arrière et je les imagine me piquer mes fringues, mon sac et mon réflex.

Je résiste, leur singeant que je vais me débrouiller. Rien n'y fait, la guenon a déjà bondi à mes côtés tandis que son maître plastronne à l'arrière du 4 X 4.

Il ne me reste plus qu'à démarrer et les écouter me mimer le chemin. Nous nous accordons très bien et parcourons plusieurs bornes sur une piste périlleuse, jonchée de cailloux et parsemée d'ornières gorgées d'eau.

Alors que je viens de repérer au loin, un imposant panneau sur lequel on peut lire « Inferno verde », le croquant m'assène un violent marron sur l'épaule.

Stupéfait, je me retourne pour lui en coller une et pige à sa gueule édentée, qu'il me désigne une masure où du linge douteux sèche sous la pluie.

Je comprends à leurs gestes, que mes guides viennent de retrouver leurs pénates. Je m'arrête et enhardi par nos récents progrès, je les remercie. Mes deux mains caressent mon cœur et désignent le panonceau, pour enfin s'ouvrir vers eux dans un sourire loupé.

En définitive, ces braves gens se révèlent fort bavards. Elle, se frappant la poitrine avec l'index se présente :

— Mariana.

Je lui réponds galamment de la même veine :

— Oscar.

Le mari, jaloux de cette idylle naissante s'empresse dans les mêmes termes de surenchérir :

— Francisco.

Nous échangeons alors des banalités. Je devine qu'ils souhaitent me convier à boire un coup chez eux. Je préfère m'esquiver. Nous nous quittons chaudement. Ces terriens miséreux m'ont rendu un fier service.

Je songe à ranger au placard mon manuel d'Espagnol et fais mon entrée dans « Inferno verde ».

Le moteur miaule, tandis que la bagnole gravit cahin-caha la rampe en terre battue qui finir par s'avouer vaincue et se désagrège dans l'herbe. Du jardin d'un jade soutenu émergent des parterres colorés, des arbustes bourgeonnant et des arbres sévères qui se détachent sur le fonds étagé de la forêt environnante.

L'hacienda, une splendide demeure rustique rénovée par les occupants actuels se niche dans les entrailles de cet Éden. Je loge dans ce qui fût une chambre d'enfants au confort douillet, peuplée de manuels scolaires et de dessins naïfs.

Après avoir pris mes aises, je rejoignis Marta dans le salon et m'informai d'un endroit où souper. Elle me proposa de partager leur repas. J'acceptai, soulagé de ne pas avoir à ressortir, déjà suffisamment remué par cette arrivée mouvementée.

Il était encore tôt et, je décidai malgré le crachin, de risquer une sortie. Le jardin resplendissait de mille nuances et exhalait ses senteurs multiples. Bichonné avec soin, il libérait une palette de plantes vivaces et d'arbrisseaux fleuris dans une veine impressionniste.

Bien qu'éloignés de l'orée de la forêt, les cris mêlés de volatiles venant de nulle part bruissaient comme dans une volière géante. Devant moi, le chien de la maison, un bâtard essorillé de la dixième génération se prélasse indifférent à la tribu de hérissons qui le nargue. Plus loin, sur les berges de l'étang, des hamsters sauvages broutent l'herbe fraîchement tondue.

Un rayon de soleil transperçant les nuages, je me hasarde sur un sentier qui s'enfonce dans la verdure. Aux abords d'un ponceau en rondins, je m'apprête à enjamber une rigole quand soudain, la lumière rasante projette sur moi l'ombre mouvante d'un rapace qui grandit et se précipite sur moi.

Je me retourne terrorisé et croise les énormes yeux diaprés du monstre qui bientôt vacille et tournoie. Un coup à la nuque me fait perdre connaissance.

Quand je reviens à moi, Francisco se tient à genoux aux côtés d'un homme de grande stature, dissimulé dans une pèlerine charbon. Il essuie ses lunettes de myope, ruisselantes de pluie. Je tente de me redresser, mais l'homme me plaque fermement au sol.

— Vous n'êtes pas le premier …

Je ressens alors une vive douleur à l'épaule qui, conjuguée à l'impuissance de ma position allongée, étouffe toute résistance. Francisco s'approche de moi et m'empoigne le bras :

— Ne bougez pas, ce ne sera pas long.

D'un geste prompt, sans brutalité, il manipule le membre qui craque sèchement. Une épine me déchire l'omoplate puis une douce chaleur m'envahit.

— Il va vraiment falloir que je fasse réparer ce pont, dit Paulito, le propriétaire des lieux, tout sourire.

Je réalisai ma méprise et me remémorai les paroles du commandant de Carvalho qui me conseillait de me méfier de l'emprise magique des esprits andins.

À la tombée de la nuit, nous nous rassemblâmes dans la cuisine familiale, un coquet réfectoire à l'agencement rustique, bourgeoisement décoré. La soirée s'écoula dans une ambiance plaisante. Marta et Paulito, en dehors d'être des hôtes charmants, brillent par une culture très au-dessus de la normale, ce qui nous permit d'aborder des thèmes variés.

Ayant dévié sur leur épisode domestique, Paulito confia qu'il avait consacré le plus clair de sa carrière, à fabriquer des produits chimiques à usage agricole. La crise économique le contraignit à se retirer sur le domaine paternel où le couple s'attela à une activité plus noble : convertir ce refuge en un paradis vert.

— Une rédemption écologique ! Pour me racheter des dommages que j'ai infligés à la nature…, crût bon de préciser Paulito.

Un détail m'intriguait :

— Pourquoi, « Inferno Verde » ?

Il se leva sans mot dire et s'empara d'un magnum qui chambrait à l'écart du frigo.

— Vous aimez le vin ? Un Français, que suis-je bête…

Il le posa devant mon assiette, bien à ma vue pour que je puisse l'examiner.

— Oui, bien sûr. Merci.

En découvrant la noirceur de cette bouteille, je ne puis réprimer une moue de déception :

— Quel manque de goût ! pensai-je.

Il m'invita alors à déguster.

J'appréciai la complexité qui différait des pâles malbecs dégustés jusqu'à présent. Intrigué, je détaillai l'objet sous l'œil attentif de Paulito dont l'intérêt excessif m'inquiétait.

L'épaisseur du verre et la concentration du fluide expliquaient la sombreur du fonds dans lequel, l'étiquette noire s'évanouissait, ne laissant percer que la figure glacée de Lucifer, soulignée de ces mots : « Alma Negra ». Paulito m'observait.

— Comment le trouvez-vous ?

Je rageai intérieurement de n'avoir pu détecter la moindre trace d'amertume.

— Diabolique ! répondis-je, provocateur.

— Je le produis sur cette propriété. Sans votre regrettable accident, au-delà du pont vous auriez pu admirer ma vigne.

J'étais étonné.

— Comment est-ce possible ? Un tel vin, dans un climat aussi inapproprié ?

— J'ai éprouvé d'énormes difficultés à recueillir les autorisations. Ceci est la réponse à votre question.

Je ne comprenais pas et il se jouait du malentendu.

— Inferno verde ! Nous avons choisi ce nom avec Marta en souvenir de tous les bâtons dans les roues.

— Ah ! D'accord. Mais ce vin…, il est …

— Le travail, l'audace et …, l'alchimie céleste.

Son regard absent, accompagné d'une lippe énigmatique finit de me refroidir. Je n'insistai pas.

Durant la nuit, la pluie avait cessé. Pour rattraper le bourg, je devais passer devant chez Francisco.

J'aperçus Mariana en train de dépendre les penailles mouillées qui séchaient depuis la veille sur un étendoir de fortune. J'éprouvais un sentiment de honte.

Je m'arrêtai. Elle portait une robe bleue constellée de fleurs de lys. Ses cheveux, maintenus par un fichu dégageaient son front et éclairaient son visage. Je décelai sur ses lèvres un soupçon de rouge qui auréolait cette coquetterie inattendue.

— Bonjour Mariana.

Surprise, elle descendit de l'escabeau :

— Bonjour, Oscar. Comment allez-vous ?

— Je m'apprête à partir et je tenais à vous remercier.

Sans vous et votre mari, hier, j'aurais galéré et aujourd'hui, j'aurais le bras en écharpe.

— De rien. Vous nous avez évité une trotte accablante et de surcroit, copieusement arrosée.

Je constatais qu'avec un brin de concentration, son espagnol devint parfaitement compréhensible.

— Choupette ! Choupette !

Francisco, ignorant ma présence, héla ainsi Mariana. C'est du moins comme ça que je traduisis *caramelo*.

Il se tenait sur le pas, vêtu d'un complet-veston pétrole, un tantinet étriqué. Son teint cuivré et sa moustache noire me firent penser à ces maffiosi siciliens posant sur les cartes postales d'avant-guerre. Il ne lui manquait que la carabine. Il me reconnut et s'empressa :

— Oscar, je suis content de vous revoir. Entrez, entrez, vous allez bien prendre quelque chose…

J'étais tellement éberlué devant cette transfiguration, que je le suivis sans réfléchir. Lucide, il bredouilla :

— Nous étions plutôt cradingues …

Tandis que Mariana épinglait sur une étagère, un bocal de cerises macérant dans l'aguardiente, je demeurais aphone, et préférais écouter. Francisco me déversa dans une chaudrée verbale, les rudesses de leur vie, dont le jus me fit l'effet d'un onguent.

L'adversité ne les avait point ménagés. Ils auraient pu couler des jours heureux à « inferno verde », dont ils furent les métayers dévoués, sans la crise qui ruina les propriétaires. Ces derniers reprirent possession de leur ferme.

Paulito obtint leur expulsion. Avec leurs sept mômes, ils se réfugièrent dans la maisonnette qu'ils occupent encore. Je me décidai à intervenir :

— Comment est-ce possible ? Vous possédiez un titre juridique qui vous protégeait ?

Mariana reprit la parole :

— L'Argentine est un pays merveilleux, mais la politique va pas bien. On a des droits sur le papier, mais ça marche pas toujours…

— Vous devez leur en vouloir …insistai-je en faisant allusion à Paulito et sa famille.

— Pas le moins du monde. Ils ont enduré d'abominables souffrances.

L'insouciante existence portègne [6] qu'ils connaissaient, s'effondra. Les vacances estivales à Mar Chiquita se muèrent, en un exode définitif à Chicoana, aux airs de débâcle crottée.

Francisco précisa :

---

[6] *Portègne : qui habite Buenos Aires.*

— Nous, nous étions habitués à gratter la poussière. C'est plus facile quand on est déjà pauvre...

Paulito et ses filles perdirent leurs amis, leurs espoirs et doutèrent d'eux.

Cet altruisme me décontenançait.

— Notre fermette ne suffit pas à vivre correctement, même depuis le départ des enfants vers la ville. C'est pourquoi, nous trimons quotidiennement au village en louant nos bras à un éleveur plus chanceux.

— C'est loin de chez vous…

— Oui, mais on trouve toujours des conducteurs serviables pour nous prendre à leur bord…

Ses quinquets pétillant de malice, je fis diversion en gobant une griotte et cédai à leur curiosité à mon sujet.

Sans m'enliser dans des vétilles, j'abrégeai mes mésaventures. À ma stupeur, Mariana s'interposa :

— Monseigneur Ribera, vous connaissez…

Je ne savais pas sur quel pied danser et la laissai poursuivre.

— Méfiez-vous de ce pierrot. Il se protège derrière son rang…

Francisco l'interrompit sèchement :

— Tais-toi ! Ce sont des sornettes.

Je tentai vainement d'ébranler ses défenses, mais en ménagère obéissante, chose assez rare, elle se cantonna dans un mutisme chafouin et acheva de se pomponner.

Sur le point de prendre congé, je m'avisai tardivement, qu'ainsi parés sur leurs trente et un, ils devaient se disposer à sortir.

— Je vous ai retardé car je crois que vous alliez quelque part. Puis-je vous déposer ?

— Merci, c'est bien aimable. Mais, chaque semaine, Paulito nous accompagne au marché. Aujourd'hui, nous en profitons pour aller chez le médecin. C'est pourquoi nous sommes endimanchés.

Les attaches improbables qui unissaient les familles de Paulito et Francisco, me laissèrent songeur.

Aux alentours de midi, après avoir enduré une piste épineuse, j'atteignis enfin Molinos. La principale difficulté, l'ascension de l'Obispo et ses ravins vertigineux, m'échappa totalement. Je gravis l'obstacle pansé d'une épaisse gaze nuageuse dissimulant les précipices.

Je me souviens seulement de la frénésie ressentie quand émergeant du brouillard, je dévalai, au milieu de monts chamarrés, l'intimidante « recta tintin ».

Arrivé au village, je m'empressai de me dégourdir les jambes, et me débinai dare-dare, car le thermomètre affichait 38°. Les ombrages adoucissaient à peine la brûlure du soleil.

Molinos, assoupi, à l'image de ces corniauds qui roupillent sous ses voûtes, me rappelait les villages d'Andalousie et leurs maisons rampantes, agglutinées autour de l'église.

La maison de Dieu était déserte. Je pénétrai à l'intérieur, autant pour inhaler de rares bouffées de fraîcheur, que dans l'espoir de loger Diego. M'avançant vers le chœur et n'apercevant âme qui vive, je rebroussai chemin. Il me fallait contacter au plus vite cet Alejandro Vargas.

Je n'eus aucun mal à situer l'auberge où je m'installai dans une grande salle aux décorations vieillottes. Un téléviseur à tube cathodique, juché sur une planchette, retransmettait une rencontre de football.

Comme je m'inquiétais de l'absence de clients, l'indienne accorte qui menait la salle me rassura :

— Il est trop tôt …

Cette perspective de huis clos ne me déplaisait pas. Si je devais m'entretenir avec cet Alejandro, je préférais que cela se déroulât sans témoin. Je lambinai à passer la commande et attendis pour l'entreprendre qu'elle me servît. Elle répondit que son patron s'activait en cuisine puis ajouta en s'enfuyant :

— Je vais le chercher...

Ravi, je patientai en sirotant un boc de bière. Un individu aux cheveux bruns, d'un âge impénétrable, avança vers moi et me secoua énergiquement la pogne :

— Alejandro Vargas ! La gosse m'a dit que vous désiriez me voir.

Sans biaiser, je répondis :

— Voilà, je recherche Manuel Vargas et …

— Eh bien ! mon oncle est très en vogue...

Mes membres se figèrent car je compris que Diego m'avait devancé. Alors que je me levai, le pressant de me confier son adresse, il me pria de m'asseoir et d'un ton devenu grave m'informa qu'il était décédé deux ans auparavant, rejoignant sa tante dans la tombe. Puis, soudainement exalté :

— Que lui voulez-vous, à mon oncle ?

Je ne fus pas pris de court, ayant mis à profit le trajet pour préparer cette entrevue.

— J'ai connu sa fille. C'est elle qui m'a dépêché pour prendre des nouvelles. Ce que vous m'apprenez m'attriste…

Avant que je ne puisse achever, il se redressa brusquement et cria :

— Maria, vous avez vu Maria Dolorès !

J'hésitai à lui dire la vérité. Il avait besoin de causer. Il m'illustra alors le drame de la famille Vargas dont la générosité avunculaire lui étrenna de l'auberge.

— Ma cousine était très douée, dotée d'une intelligence supérieure. Ses aptitudes la distinguèrent et elle rejoignit l'université de Salta où elle ne tarda pas à sortir du lot. Les professeurs la poussèrent pour qu'elle aille étudier à Buenos Aires.

— Ses parents devaient être très fiers, glissai-je pour meubler la conversation.

— Ils se montrèrent surtout inquiets. Maria avait hérité de sa mère, une sensibilité maladive qui la rendait fragile. L'avenir leur donna raison.

— Que s'est-il passé ?

— Faute de moyens, elle ne pouvait plus rentrer au pays. Le courrier était leur unique canal. Au début, la correspondance s'établit de manière régulière, jusqu'au jour où ils reçurent un bref message les informant qu'elle vivait désormais en couple.

— Connaissez-vous l'homme ?

— Hélas non ! Après quelques semaines d'euphorie durant lesquelles elle partageait ses joies, les lettres cessèrent brutalement.

Alejandro marqua une pause. Je voyais la tristesse le gagner.

— Voulez-vous que nous… ?

— Je me suis déplacé dans la capitale, elle avait disparu.

— Comme ça, sans laisser d'adresse ?

— Non, les étudiantes de la cité universitaire m'apprirent que Maria était tombée enceinte et avait lâché ses études.

— Et son compagnon, elles devaient le connaître ?

— Croyez-moi, j'ai tout essayé. Cet individu ne fréquentait pas le campus …

— Pourquoi ne pas avoir alerté la police ?

Il esquissa un rire désabusé.

— À cette époque, les disparitions étaient fréquentes et les autorités peu recommandables. Ses parents se résignèrent et prièrent jusqu'à leur mort, se persuadant pour survivre que leur fille coulait des jours heureux.

Je guettai l'instant où il s'inquièterait de sa cousine. Il ne vint pas. La prunelle morne, il se tourna vers moi, m'invitant à prendre la parole.

— Maria m'a prié de vous transmettre son affection.

Je ne mentais qu'à demi, tant « Frida », au salon Sao Pedro avait fait preuve d'obstination pour que j'aide ses parents.

— Comment va-t-elle ?

Il me devançait.

— Elle est décédée, je suis désolé.

— J'espère qu'elle connaîtra les souffrances que mon oncle et ma tante ont endurées. Qu'elle aille au diable !

Elle l'avait déjà rencontré. Je m'en tins là.

L'air torride me poussa à me réfugier sous les platanes dont les branches entrelacées formaient un immense treillage végétal. Je me posai sur un banc face à la statue de Belgrano.

Maria Dolorès éliminée, ses parents reposant en paix et mes déclarations ayant été tournées en ridicule, « *l'obispo* »[7] ne craignait plus rien.

J'appelai Amanda pour lui retracer cet entretien dans les menus détails. J'espérai une réaction, mais elle ne broncha pas.

Pour les autorités brésiliennes, réceptionnaires, en définitive, du fardeau, il fallut évacuer le problème : « mort par autolyse d'un sujet non identifié de sexe féminin ». Elle me promit, sans conviction de m'informer si un fait nouveau venait à surgir.

Je soupçonnais Diego d'être l'amant caché de Maria Dolorès. En l'absence de preuves, je me tâtais sur le mobile d'un crime commis trente ans plus tard.

---

[7] *Obispo : évêque en Espagnol*

Le père Javier en savait forcément plus. J'hésitai, redoutant d'affronter une nouvelle fois ce personnage retors. Après tout, nous nous étions quittés en bons termes. Je le rappelai.

Comme il ne décrochait pas, je lui laissai ce message:

— Bonjour mon père. Elle se nomme Maria Dolorès Vargas et est née à Molinos.

Dans les minutes qui suivirent, mon téléphone vibra et je reconnus l'habituel ton doucereux. Bien qu'il m'offrît une facette avenante, plus estimable que la dialectique jésuite dont il avait coutume, je demeurai sur mes gardes.

Effectivement, cela ne dura pas et ses marottes bientôt le démangèrent :

— Nous avons conversé à deux reprises et croyez-le ou non, j'ai apprécié votre commerce. Mais les accusations sérieuses exigent une rigueur achevée. On ne saurait impunément chasser l'ombre de la suspicion sans détenir le corps du délit.

Sa maladie le reprenait, je ne puis me contenir :

— Homme de peu de foi ! lui lançai-je.

— Plaît-il ? rétorqua-t-il, courroucé.

— Il vous suffit d'une rognure de pain et d'une sébile de piquette pour croire en l'incarnation du Christ et vous me reprochez mon manque de rigueur. Je vous trouve gonflé !

Il accusa le coup. Je crus qu'il allait me raccrocher au nez. Mais, il en fallait plus pour désarçonner cet étonnant prélat.

— Notre récente conversation m'a crucifié, …

— N'exagérez pas ! Je ne prétendais que piquer votre curiosité, vous n'en garderez aucun stigmate visible.

Il ignora le blasphème et poursuivit :

— … les ellipses et le pyrrhonisme que vous avez semés, m'ont poussé à me pencher sur cette énigme. Je me suis juré de faire toute la lumière.

Il soulevait enfin, avec son charabia, les vraies questions :

— Je m'interroge sur la quiddité des chaînes qui pouvaient menotter Maria et Diego pour qu'elles puissent, encore aujourd'hui, le bouleverser de la sorte.

Il traduisait, à sa manière impayable, les réflexions que je me faisais à Molinos. Et, comme s'il lisait dans mes pensées, il conclut :

— Et si, mais ce n'est qu'un postulat dicté par ma condition d'abbé, le sacrement du mariage les unissait depuis les bancs de la faculté. Tout deviendrait limpide…

Je m'interposai, car cette hypothèse, bien évidemment me turlupinait depuis quelque temps. Elle rôdait depuis le concert de Salta, après qu'il m'eut confessé l'ahurissante anecdote de la falsification des écritures d'état civil.

— Cette possibilité ne m'a pas échappé, mais malheureusement, je ne détiens pas la moindre miette de preuve. La police, je viens d'en recevoir la confirmation, a jugé plus commode de boucler le dossier. Malgré l'estime que je vous porte, je doute fort que les déclarations d'un simple prêtre pèsent lourd face aux affirmations d'un ponte apostolique.

D'un soupir navré, il témoigna de notre accord sur ce point.

— La justice séculière reproduit les imperfections de ses auteurs. Celle de l'Église, forte du souffle divin éclaire les âmes et grave le chemin de la vérité. Ma condition m'autorise à solliciter auprès de ma hiérarchie l'ouverture d'un procès canonique.

Bien qu'habitué à ses manies, je supportais mal cette façon permanente de pérorer :

— Ne serait-il pas plus simple de vous rendre au poste le plus proche pour y avouer votre tripatouillage ?

— Vous venez de subir l'impéritie des administrateurs du talion et prétendez, qu'à mon tour, je devrais m'offrir inutilement en sacrifice.

— Faut pas charrier ! La prison, c'est un peu votre clergé « *régulier* », ironisai-je.

— Vous ne devez pas plaisanter ! Une affaire interne à l'Église doit être diligentée par sa propre judicature. Je vous engage à rédiger un bilan compendieux de votre feuilleton en vous efforçant de bannir tous logogriphes et autres élucubrations. Je vous communiquerai la liste complète des évêques de la conférence ainsi que leurs coordonnées.

— Voilà ! C'est simple. Vous ne comptez faire aucun aveu… ?

— Je compte sur vous pour m'impliquer, n'est-ce pas ? Si un tribunal me juge responsable, j'en accepterais les officialités. En attendant, ne perdez pas l'essentiel de vue. Ce ne sont pas les altérations d'un grimoire qui vous permettront de confondre Diego.

Il avait raison, mais son stratagème me laissait un goût amer. Je n'étais pas sot au point d'ignorer que les sentences ecclésiastiques n'avaient de valeur que pour la conscience des fidèles.

Malgré tout, regonflé par cette perspective, alors que Cachi ne figurait plus au menu de mes étapes, je décidai d'assister à la messe dominicale, dans l'espoir de l'épingler.

Le lendemain, durant les longues heures de route entre Molinos et Cachi, j'eus tout le loisir de préparer la confrontation. La messe ayant débuté, je me présentai devant la façade jaune, où une foule bariolée se pressait jusque sous les arcades du musée archéologique.

La foi de ces gens et l'importance que revêtait à leurs yeux la venue d'un manitou ensoutané me stupéfièrent. Comment avec ce monde, allais-je bien pouvoir l'approcher ?

J'eus beau essayer de me faufiler, ces petits hommes trapus au teint de miel ne s'en laissaient pas compter et restaient sourds à la charité chrétienne quand je les priais de me frayer un passage.

Je me résignai à vivre l'office de loin, porté par les chants et les imprécations en latin qui ravigotèrent les célébrations de mon enfance.

Sans doute ai-je prié. Car Dieu, me révélant l'assemblée cingler à pas lents vers la nef, tandis que des travées latérales, des fidèles ratatinés de soumission ressortaient l'air compassé, une idée me vint.

Cette procession de taiseux me montrait comment approcher l'officiant. Je décidai de communier, non s'en avoir effectué une rapide repentance avant de paraître devant ce gredin. Pas Dieu, l'autre.

Conscient que le lieu ne nous autoriserait pas un papotage profitable, je pris soin de gribouiller cette épître sur un mouchoir en papier :

— Nous allons quitter l'Argentine. Nous aurions souhaité vous saluer en souvenir de l'excellent moment passé au Malevola. À la sacristie vers 15 heures, si cela vous grée.

Je relus pour bien m'assurer du jésuitisme de la formule.

Alors que je me saisissais du pain eucharistique, je lui glissai le chiffon dont il s'empara sans manifester le moindre affect. Il affichait un visage épanoui et extériorisait face à ses fidèles, l'icône trompeuse d'un pasteur serein, les guidant d'un pas assuré, sur des sentiers lumineux. C'était beau comme un mensonge.

À peine sorti, je recrachai l'hostie et ne cessai de repenser à « Frida », enterrée dans le cimetière d'Iguaçu, loin des siens, dans l'oubli et l'indifférence. Pour elle, pour eux, je décidai de m'accrocher.

J'empoignai le heurtoir à tête d'angelot et cognai le battant de la sacristie avec insistance. Une dame âgée m'ouvrit et me fit assoir sur un coffre en bois qui servait de banquette.

Je n'eus guère la fortune de m'impatienter car bientôt, il me rejoignit et me salua courtoisement.

Pastichant de ridicules simagrées, il m'introduisit dans un cagibi qui devait faire office de débarras vu le désordre qui régnait. Il me tendit une bancelle minable puis se cala confortablement au fond d'un trône tout aussi miteux.

Comme je demeurais silencieux il commença :

— Ainsi, cher Monsieur, votre séjour s'achève.

Qu'en avez-vous spécialement retenu ?

Avant qu'il ne puisse se lancer dans un de ses embêtants monologues, j'usai pour lui répondre, d'une inflexion volontairement lente, m'appliquant à détacher chaque parole :

— Les mystères de l'âme andine ont réveillé en moi des passions profondément enfouies, mais ce n'est pas le motif de ma venue. Vous vous en doutez.

Simulant l'étonnement, il se retrancha dans un rire quinteux et je crus pouvoir lui en rabattre. Je comptai tirer avantage de ce flottement passager pour l'attaquer de front :

— Vous vous êtes bien moqué de moi. Vous vous êtes débarrassé de Maria Dolorès et j'aimerais connaître les raisons de cet acte.

L'incrimination ne sembla pas le toucher plus que ça :

— Vous avez raison sur un point, je suis libéré de Maria mais je conteste vos allégations qui feraient de moi un meurtrier, c'est bien ce que vous insinuez n'est-ce pas ?

J'acquiesçai mollement, surpris par la crudité de son retour.

— Si vous l'ignorez, ce regrettable incident, je m'en suis assuré en hauts lieux, a fait l'objet de discrètes funérailles. Sans cela, je n'aurais jamais consenti à ce face à face. J'avoue que vous avez témoigné d'une belle perspicacité mais vos mœurs brouillonnes et votre imagination fantaisiste m'ont été utiles. Au bout du compte, je ne regrette pas votre immixtion dans ma vie privée. Sans elle, l'enquête aurait pu suivre un cours moins favorable.

Voyant qu'il cherchait à noyer le poisson, je le recadrai et lui adjurai de m'expliquer en quoi sa compagne était devenue gênante.

— Puisque vous y tenez, je vais vous confier tous les détails de notre relation.

Il me déballa alors ses épisodes de jeunesse : leur rencontre à l'université de Buenos Aires, leur amour et leur soif partagée de connaissances, enfin leur mariage secret décidé sur un coup de tête.

— Ainsi, vous étiez mariés !

Je tenais enfin mon mobile.

— Oui et je le regrette. Non pas que mon amour ne fut pas sincère, mais la flagrance que Dieu me destinait à des perspectives temporelles suréminentes, l'emporta.

— Ben voyons ! C'est pour cela que vous l'avez abandonnée.

— Un soir, en rentrant des cours, Maria m'apprit qu'elle était enceinte. Je ne voulais pas de cet enfant et je me suis emporté. Nous nous sommes disputés. Elle m'a chassé.

— Et vous ne l'avez plus revue.

— Si bien sûr ! L'orage s'accommodant d'une accalmie, j'en ai profité pour la convaincre d'avorter. Nous en avons longuement discuté ensemble. Elle consentit.

J'ignorais s'il mentait, mais ça tenait la route.

— Avez-vous continué de vous fréquenter ?

— Elle avait mis une condition : elle renonçait à enfanter, mais elle ne voulait plus jamais que je croise son chemin. Dans un premier temps, cette issue inespérée me combla d'aise car elle m'exemptait du souci de devoir la blesser en lui annonçant ma décision de m'engager dans les ordres.

— Vous l'avez abandonnée sans égard pour le lien qui vous unissait.

— J'ai pensé qu'il valait mieux pour elle que nous nous séparions. L'appel de Dieu…

C'était insupportable. Je l'interrompis :

— Mais alors, pourquoi a-t-elle disparu ?

— Au début, j'ai continué de prendre des nouvelles par relations interposées. C'est ainsi que j'appris qu'elle était tombée en dépression.

— Vous n'avez rien tenté pour l'aider à s'en sortir, même pas prévenu les siens ?

Il me dévisageait en silence. Je comprenais :

— Sa chute mortelle tombe à pic. Pour être ordonné prêtre, il faut un passé sans tache. Finie l'époque de Saint Augustin, une femme ça fait désordre pour un homme d'église, je parle même pas du moutard…

Il poursuivit, dédaignant ma remarque sacrilège. Un soir, se décidant, il avait martelé à sa porte jusqu'à ce qu'un voisin sortît, inquiet du raffut.

Maria Dolores avait déménagé et quitté le pays. Plus jamais, il n'entendit parler d'elle. Au fond, sauf pour le bébé et l'avortement, il ne m'apprenait rien.

— Je m'étonne que cet oubli puisse vous suffire. Légalement, elle demeurait votre conjointe et pouvait surgir à l'improviste…

Il feignait d'ignorer où je voulais en venir. Je devins plus pressant :

— Génial le changement de nom ! Le padre m'a raconté…

Un brin vexé que son mentor ait pu le trahir, il reprit :

— Elle ne me laissait pas d'alternative. Le contrat de mariage constituait un obstacle dirimant à mon échafaudage. L'idée de devoir renoncer à ma vocation m'insupportait.

— Vous auriez pu tout simplement divorcer, comme tout le monde…

— Me considérez-vous comme une personnalité acratopège[8] ?

— *Cradochèse ?* Je sais pas. Par contre, un peu timbré…rétorquai-je, agacé.

— Vous êtes aussi inculte qu'irraisonné. Effectivement, l'époque licencieuse des Pères de l'Église est révolue. Un homme ayant rompu de telles amarres ne peut plus aborder les rivages de l'institution.

— Puisque vous êtes un fervent catholique, pourquoi ne pas vous conformer à sa règle ?

Son attitude changea, la froide machine intellectuelle reprenait le dessus. Je pris conscience que je venais de m'embourber.

— Les institutions, qu'elles servent la religion ou la politique ne visent pas l'absolue vérité. Leur unique rôle est d'embastiller les dérives individuelles pour que les élus soient libérés du carcan barbare de la populace qui les détournerait de leur quête supérieure.

---

[8] *Synonymes : banal, commun.*

Il ne me parut pas judicieux de lui demander ce qu'il pensait de nos gilets jaunes[9]…

— Je vous ai choqué ?

— Oui, je ne soupçonnais pas que l'Église tolère encore des énergumènes tels que vous.

— L'histoire vogue sur des abysses de sottise et il arrive qu'elle enfourne et se retrouve submergée par un tsunami de médiocrité. Les débordements de l'internet et de ses réseaux parasites, bousculeront bientôt la vaste entreprise démagogique érigée par des forces financières incontrôlées.

— En clair, si je vous suis, la politique et la religion constitueraient les remparts infaillibles pour nous prémunir du cataclysme…

— Puisqu'il est question d'ordre, oui, ce sont les meilleures protections dont disposent nos sociétés, et ceci depuis des temps immémoriaux. Les sciences et les techniques évoluent, je le déplore, beaucoup plus vite que les consciences. Vous appartenez à cette race de bien-pensants qui, parce qu'ils véhiculent des intentions louables, se persuadent que le monde deviendra meilleur. J'aimerais qu'il en soit ainsi. En cela, vous ressemblez au padre…

C'était sa manière de m'avouer qu'il l'avait trompé.

---

[9] *Mouvement social spontané non structuré apparu en France en 2018.*

— Je le concède. Sa magnanimité ne transgressant pas certains préceptes, il aurait répugné à se livrer à de telles bassesses. Son âme n'est pas disposée à rallier mes vérités.

Cet aveu imparfait, après tant d'abjection, me fortifia quelque peu. Mais je le considérai avec retenue, car il avait recouvré toute sa suffisance :

— En visitant les valeurs et fondements du christianisme, je m'assurais de déclencher en lui un mouvement d'exaltation qui contaminerait son jugement. Quand je lui suggérai le prénom « Anselmo », il comprit que je puisais aux sources de la reconnaissance de Dieu et cette clairvoyance fugace qu'il me prêtait, le crucifia aux limbes de l'épectase.

Malgré la gravité des circonstances, la pompe de l'expression me vola un sourire :

— Épectase ! Il n'y a pas de plaisirs que la mort n'honore…

Se contrefichant de mon allusion graveleuse, il s'enlisa un peu plus :

— Comme je le subodorais, l'abomination que l'artiste mexicain suscitait, me simplifia la besogne. Je feignis d'un attachement à mon nom de baptême, par respect pour ma parenté et lui soumis Ribera, substituant une seule lettre.

— Le peintre des ténèbres ! Comme c'est chou…

Étranger à mes piques, il poursuivit :

— Il personnifie avant tout, un maître de l'art au service de la religion. C'est avec ravissement qu'il combla mon désir qui spécifiait pour moi, la recouvrance de la liberté.

— Tout cela au prix d'un caviardage dégoûtant !

— Vous vous surpassez ! Ce ne fut qu'une correction mineure sur un registre, exécutée de la main de son auteur.

Dans le fonds, il ne rajoutait rien aux aveux du père Javier, si ce n'est une bonne dose de cynisme. Cependant, je sentais que l'orgueil étant son point faible, je pouvais espérer plus.

— En quoi Maria Dolorès serait un danger ? Votre identité a été légalement falsifiée.

— Patience, vous allez saisir.

Il me décrivit leur accrochage au Malevola, l'établissement où il venait se ressourcer régulièrement.

— Il arrive que les affres de mon ministère requièrent le repos des chairs.

— Et votre conscience, jamais ?

— La vulgarité de vos gloses m'afflige.

Son statut de clergyman mondain, lui permettait de disposer gracieusement de la suite attenante au salon Sao Pedro. L'équipe le considérait comme un familier et l'honorait du titre « d'Éminence » alors que pour l'Église catholique, il n'était que Monseigneur.

Savourant visiblement l'effet de cette astuce, il insista :

— Vous voyez, comment sans proférer de stérile menterie, que ma dignité par ailleurs proscrit, l'espace d'une soirée, j'assumai les atours d'un cabaretier pour vous induire en erreur. Je me félicite de l'usage que vous en fîtes. À Iguaçu, ils en rient certainement encore.

Je me taisais, vexé. Peaufinant son rictus méprisant, il continua :

— Ce fameux week-end, au détour d'un salon, je remarquai une cliente isolée qui gobelotait un porto, confortablement campée sur une méridienne. Avec effroi, je crus reconnaître Maria.

J'assistais à un véritable jeu d'acteur, sa gestuelle et ses mimiques coïncidant parfaitement avec les sons qui sortaient de sa bouche.

— Je m'enquis de son identité auprès du personnel.

Il s'avéra qu'elle ne figurait pas sur le listage de la réception.

— Il s'agit probablement d'une réunion d'affaires, monsieur, lui répondit un maître d'hôtel.

— Notre établissement y pourvoit régulièrement. À moins, si je puis me permettre, qu'il ne s'agisse d'une de ces salonnardes…

Il interprétait les deux personnages, avivant mon exaspération :

— Ne vous foutez pas de moi ! Je n'ai que faire de vos conneries, dites-moi ce qui lui est arrivé.

Sans se dépouiller de son flegme, il épousa cependant un timbre plus déférent.

Il ne crût pas au hasard et aborda Maria qui feignit la surprise et l'invita à prendre un verre. Prétextant une obligation, elle refusa, puis, devant son insistance, consentit à le suivre.

Comme il le redoutait, sa situation attirant les convoitises, elle imagina pouvoir le faire chanter et brandit le certificat de mariage. Il s'efforça de la convaincre. En endossant l'habit sacerdotal, il avait renoncé à la richesse et était dans l'incapacité de satisfaire ses revendications.

Puis la voyant désemparée et en larmes, il comprit qu'elle était en souffrance, droguée pensa-t-il, et lui proposa d'en reparler. Plus le temps s'écoulait et plus je me rendais compte qu'il retrouvait cet écho doucement embobelineur pour mieux m'entuber. Je réagis :

— Et comment expliquez-vous qu'elle se soit retrouvée à poil dans le salon Sao Pedro ?

Il reprit. Après leur rupture et son départ pour Los Angeles, elle vécut l'enfer. Les jobs incertains, la pénurie d'argent, la drogue, la prostitution et la prison jalonnèrent sa piètre existence.

Je l'interrompis à nouveau :

— Vous n'avez toujours pas répondu. Que faisait-elle en tenue d'Eve ?

Exprimée ainsi, il comprit la question :

— Je vais répondre. Répudiant les talents que le Seigneur lui avait prodigués, pour s'égarer sur de misérables bermes, elle m'était envoyée par Dieu pour laver ses fautes.

— C'est pour la laver que vous l'avez flanquée à l'eau !

Il jugea mon humour déplacé. Je craignis qu'il ne s'échappât, mais après un silence :

— Je vécus comme une exigence intérieure, l'impérieuse nécessité de lui ménager un gué vers la félicité.

— En gros, vous l'avez butée !

Il essaya de me convaincre que Maria Dolorès avait voulu se suicider.

— Lui avez-vous suggéré d'en finir ?

— J'ai prié afin qu'elle se détournât de cette inéluctable terminaison.

— Visiblement pas assez. Là-haut, « il » a pas entendu ! Le suicide est un péché mortel, votre devoir était…

Il m'interrompit brutalement.

— Sachez que mes devoirs sont tournés vers Dieu. Votre imputation est infidèle. L'épître 8 de Saint Paul aux romains nous révèle que « *rien ne pourra nous arracher à l'Amour que Dieu nous a témoigné en Jésus Christ* ». Si un chrétien, dans un moment de détresse met un terme à sa vie, même ce péché est racheté par le sang du Christ.

— Je me bornais à vous rappeler le devoir de tout citoyen d'assister une personne en danger. Pour Dieu…

— Elle prit sa décision et exécuta la sentence.

Dans l'état physique où il la décrivait, je la croyais bien sûr incapable de s'arroger un tel jugement… Mais le déballage ayant véritablement débuté, je le laissai continuer.

Il avait tout organisé. La nudité symbolisait pour lui la pureté, et le sacrifice la condition du pardon. Je ne supportais plus ses salades.

— Un excellent moyen de la faire passer pour folle ?

— Disons que ce scénario convenait aussi pour une autodestruction…

— Malheureusement pour vous, mon intrusion a fichu le bazar.

Il ne bronchait pas, insensible à mes invectives. J'en profitai pour lui dévoiler le message que Maria Dolorès m'avait confié. Il réfléchit :

— Je ne vois pas de quoi vous voulez parler.

— Votre « épouse », surprise, soi-disant en train de se suicider, me parut surtout terrorisée par un péril menaçant ses proches. Je vais vous dire ce que j'en pense. Il est probable que cédant à vos imprécations, elle ait décidé de se supprimer, car vous avez usé d'une arme redoutable : vous avez menacé de vous en prendre à ses parents. Ainsi, vous étiez sûr qu'elle accepte de mettre fin à ses jours.

Il grignait manifestant plus d'étonnement que de crainte :

— Fichaises ! Ils sont trépassés et n'ont rien à voir…

Je lui décrivis mon périple à sa poursuite, et lui rappelai son crochet chez l'oncle de Maria, prouvant qu'il n'était pas au courant de leur décès avant cette visite. Il éprouva du mal à nier l'évidence. Puis, nullement perturbé, il souligna :

— Ceci n'est qu'un bavardage amical, la procédure est close, ne l'oubliez pas.

— L'amitié n'a pas place entre nous.

— Je vous déconseille d'enfieller vos précédents témoignages de ces ragots si vous ne voulez pas croupir dans un asile.

Il me narguait et son insolence me faisait horreur.

Mais, je tenais à tout prix à entendre de sa bouche, les derniers instants de Maria. Pour le provoquer, j'usai du même langage de couvent que lui :

— *Puisqu'il ne s'agit que de clabaudage, pouvez-vous me dire de quel cahotement elle fut l'hostie ?*

Bien qu'étonné par l'étendue de mon vocabulaire, il ne daigna pas railler l'ironie de ma tirade et me décrivit le glas de Maria Dolorès.

Il la conduisit au pied des chutes, côté brésilien comme je me l'étais imaginé, en longeant le sentier qui passe devant le belvédère. Parvenus à la closerie du diable, engourdie par l'alcool et les barbituriques, il l'avait acculée jusqu'au rio, en contrebas de la passerelle, là où les eaux s'abstrayant des remous, finissent par s'assagir.

Il l'avait regardée succomber et prié pour elle. Il me dépeignit son agonie sans remords :

— Habitée par ses chimères, le sacrifice, dans son éréthisme meurtrier, conférait à la mort sa noblesse.

Médusé par tant d'abjection, je me retirai sans un mot.

Je repris la route de Mendoza. Pour me vider la cervelle, je relâchai l'après-midi au parc de Talampaya où je m'émerveillai des cathédrales de pierre taillées à la

Gaudi dans une roche scarlatine, chaperonné par le spectre pétrifié d'un moine surgi du désert.

Décidément, sur cette terre des Andes, le surnaturel ne vous lâche pas si facilement. Je songeai à Maria qui reposerait éternellement, incognito dans un recoin de cimetière. Quand je m'envolai pour l'Europe, j'étais bien décidé à ne jamais revenir.

CHAPITRE 7 : LE MIRACLE DE SAN MARTIN

De retour à Paris, je me replongeai dans mon univers et mes occupations frivoles me procurèrent un regain de motivation. Les semaines s'écoulaient sans ennui et les images d'Argentine devenaient chaque jour plus floues.

Les personnages se dégradaient en un diorama indécis, au point que souvent, cédant à la mélancolie, ma conscience délibérait sur les cicatrices héritées de cette aventure. Pourtant, si aujourd'hui, je t'écris à nouveau, c'est qu'en plusieurs mois, bien des chose se sont produites.

Alors que, je me colletais aux misères de l'hiver sur l'autoroute A10, mon portable retentit d'un timbre inhabituel. Ne résonnait, ni la harpe qui annonce mes proches, ni le mugissement de la houle de mes copains « *voileux* », ni même le grincement des indésirables.

Cette fois-ci, rien de familier : un joli son ensoleillé se répétait et je ne me souvenais plus d'avoir sélectionné cette sonnerie.

L'autoroute étant verglacée et la circulation délicate, je ne décrochai pas.

Je m'aventurai sur la bande d'arrêt d'urgence ; ce n'était pas bien, mais rebutés par ces intempéries, les Parisiens n'avaient pas osé braver la route qui se réveillait anormalement déserte.

Tandis que je pilotais prudemment, le crissement des pneus sur la neige ressuscita l'Argentine.

Belen ! C'est bien dans cette cité du Nord-Ouest, qu'un soir, pour juguler le spleen, j'étiquetai ce chant aux contacts noués là-bas. Les souvenirs ressurgissaient soudainement avec cette localité sans intérêt.

Elle m'avait seulement laissé le goût d'une délicieuse « fajida » dégustée dans une gargote glauque du centre, qu'un habitué attentif à mon embarras, s'était proposé de me préparer. La voiture stationnait immobile, mais déjà, je flânochais, loin, très loin…

Je déjeunais à la Posada del Salto de agua. J'avais choisi ce motel en raison de son nom qui me rappelait les chutes. L'étape, tenue par un jeune couple me déplut franchement et je vécus une expérience angoissante.

Ayant ouvert la fenêtre de la chambre, je fus agressé par le boucan strident d'une scie qui larmoyait à n'en plus finir. Cédant à un réflexe râleur bien français, je me ruai vers l'accueil.

La jeune patronne me sourit, nullement décontenancée. Durant l'embellie du trajet, mon irritation s'était aveulie en une grogne ronchonne. Tandis qu'elle appelait son mari, elle me fit signe de patienter, puis :

— Ne vous énervez pas, vous allez comprendre.

Je déplorai mon accès d'humeur :

— Il ne fallait pas le déranger, je suis désolé …

Sandro se grouilla comme s'il s'agissait d'une affaire conséquente. Son affolement ancillaire que rien ne justifiait, me dérida car je ne m'attendais pas à tant d'obligeance.

Avec une subtile pointe d'effronterie que je ne m'expliquai pas, elle prit les devants :

— Monsieur Mauran ne digère pas les *stridulations* de notre scierie …

Méconnaissant ce terme, je ne voyais rien de risible. Sandro s'approcha de moi et me salua :

— Je comprends votre désappointement, mais, venez…

Je les suivis docilement et nous traversâmes la rue pour pénétrer dans leur jardin privé où la maisonnée au complet se tenait attablée : les marmots, la mémé, les mânes du pépé, les cousins et une voisine esseulée qui faisait partie des meubles.

Pendant que la scie continuait de me découper les tympans, les trois cabots de la maison entreprirent de me lécher. Comme je portais sandales et short, j'appréciai chichement ces marques d'affection et feignis de les cajoler pour mieux les rabrouer du pied.

La grand-mère, sans doute trop miro pour remarquer mon manège, me gratifia sans détour, de l'inénarrable :

— Ils vous aiment bien. Ils font pas cela avec tout le monde…

— C'est ça ! pensai-je au fonds de moi, tandis que je rétorquai, faux cul en diable :

— Oui, ils le sentent…

Tout en espérant le contraire.

Nous sommes installés sous un porche végétalisé contigu à la maison qui fait office de seconde salle à manger.

— Vous prendrez bien une tasse de maté, me propose Sandro, tandis que la vieille me fourre dans chaque main une paire d'empanadas qu'il n'est pas question de refuser.

— Merci ! criai-je pour couvrir le geignement de l'engin.

Le tapage perturbant notre conversation, tous les protagonistes de ce cénacle improvisé m'observaient et je souffrais de leurs regards inquisiteurs. Pour les fuir, j'examinai les lieux et fus saisi par un portrait accroché au mur.

Sandro qui n'avait rien perdu de mes manigances intervint :

— Il s'agit de Monseigneur Anselmo Ribera, l'évêque de notre diocèse. Vous le connaissez ? ajouta-il avec un sourire narquois.

J'accusai le coup et ressentis soudain comme un vertige. Tous ces gens s'agitaient comme dans un rêve.

— Un peu plus de maté ?

Je repoussai l'évidence. Le ciel et la terre se confondaient. Je me levai en titubant. Ils essayaient de m'empoisonner…

— Vous ne vous sentez pas bien, demanda Sandro en m'agrippant le bras.

Je suai à grosses gouttes et le rabrouai maladroitement.

— Venez, il fait trop chaud ici. Allons dans le jardin, je vais vous montrer quelque chose …

Je le laissai m'entraîner vers les grands arbres qui délimitent la propriété, isolant la parcelle hôtelière. Au fur et à mesure que nous approchions de la futaie, le sifflement de la scie s'intensifiait et mon angoisse enflait.

Un tourbillon souleva un vent de poussière qui balaya mon malaise.

— Je ne vois pas votre atelier, demandai-je.

Il ne répondit pas, se bornant à ricaner, ce qui accentua mon inquiétude.

C'est alors que je compris que la source sonore se cachait dans les frondaisons.

— Regardez, agrégées sur les ramures, des milliers de cigales…

Il brimbala vigoureusement les branches et la colonie se tut immédiatement. J'étais rassuré.

— Isolées, elles émettent un chant harmonieux, mais, en hardes, leur cavatine se transforme en bardit.

Son langage châtié trahissait des humanités proches de celles du padre. Il me décoda le sens précis de « *stridulation* », se polarisant sur mon ignorance, ce qui me vexa.

Bien que son comportement m'inquiétât, je jouai le jeu :

— Et cela va durer toute la nuit ?

— Vous verrez…

Je savourai moyennement ce ton énigmatique et les relations que mon imagination lui prêtait avec l'évêque empoisonnèrent ma nuit. Je restai des heures sur le qui-vive, affalé sur le divan.

Au crépuscule, le rythme se ralentit progressivement pour se dissiper dans la nuit andine. Mais aux premières lueurs, les bestioles entonnèrent de nouveau leur concert.

Le portable vibra et me tira de mes rêveries. Alors que j'espérais Amanda, je fus frappé d'entendre la voix du père Javier.

— Bonjour Oscar, j'espère que vous vous portez bien. Il me serait agréable de vous rencontrer rapidement. J'ai des confidences cruciales à vous faire.

— Avec plaisir ! Est-ce que mercredi prochain vous conviendrait ?

— Vous ne pouvez pas vous libérer plus tôt ?

Je prétextai des engagements pour me laisser le temps de rallier l'Argentine car je n'osais lui avouer que j'avais regagné la France.

— D'accord vers midi à Humahuaca, devant l'école.

Surpris de ce lieu insolite, je lui demandai :

— Vous ne prêchez plus à Salta ?

— Beaucoup de choses ont changé depuis notre dernière rencontre. J'initie les élèves du primaire au fait religieux en général.

— Pour un jésuite, quelle punition diabolique !

J'étais tout excité et me moquais de lui, mais il avait ses limites :

— Il existe mille façons de s'ouvrir à Dieu mais il n'y en a qu'une pour le servir : aimer les hommes.

Comme il n'était pas prédisposé à goûter mes allusions scabreuses, j'en restai là et pris congé, impatient de connaître ses nouveaux ébruitements.

Le soir, je quittai Roissy pour l'Amérique du Sud. En atterrissant, je n'imaginais pas ce qui m'attendait.

Je persistais à croire qu'il aurait avoué la falsification d'identité, permettant ainsi de confondre son protégé.

Nous avions convenu d'un rancard aux abords du collège. Ayant une sainte horreur du retard, plus par timidité que par dévotion à un quelconque rigorisme, il n'était pas midi lorsque je remisai la voiture sur le bas-côté.

Comme la plupart des établissements scolaires argentins, celui-ci se distinguait des autres bâtiments publics, par sa propreté éclatante. L'élégante façade néoclassique parée de soubassements en pierre de taille rehaussait cette impression de perfection. Le pignon enduit d'ocre s'harmonisait parfaitement avec la toiture en tuile et les ouvertures aux faîtes arrondis dotées de volets grèges parachevaient la composition.

Cette distinction comparable à celle de l'originale municipalité, offrait un contraste saisissant avec la modestie du village.

Le square qui le voisinait, par ses charmilles appréciables, incitait à la flânerie. Bien que je fusse animé d'une agitation bouillonnante, le feu prégnant à l'heure méridienne et le créneau à combler, me convainquirent de céder à son appel.

Le jardin, de dimension réduite concédait l'essentiel de l'espace aux arbres qui obombraient les gazons et limitaient les parterres fleuris. La flamme naissante des rayons du soleil et les caresses d'une fraîcheur relative suffirent à me faire adhérer à ces florilèges botanistes.

Je marchais lentement au gré des allées, m'attardant sur un banc pour écouter les chants d'oiseaux. À la fourche où, plusieurs sentes convergent pour former une placette resserrée, siégeait une ronde-bosse monumentale d'environ trois mètres de haut. Il s'agissait de San Martin, le héros de l'indépendance.

Sans surprise et sans entrain, j'examinai le monument sous tous les angles et relevai, intrigué, une inscription à peine lisible sur le socle : « Yapeyù Boulogne-sur-Mer ».

Ignorant tout de cette personnalité, ce texte gravé dans la pierre à quelque dix mille kilomètres du Pas de Calais, attisa ma curiosité. Mon savoir et mon intelligence déductive ayant tôt fait de rendre les armes devant ce mystérieux général, j'entrepris d'enquêter auprès des autochtones.

Je renouvelais la traque à l'éléphant de Catane que nous avions menée au début de notre mariage.

L'entreprise ne rencontra guère plus de succès : si, la plupart situait le héros, aucun des péquins interrogés ne put m'éclairer sur l'acceptation exacte de l'épigraphe.

Midi approchait. Bien que déçu de l'échec de ma quête, je me dirigeai vers l'école où mon rendez-vous devait s'impatienter.

Effectivement, le padre trépignait déjà sur le perron. Je le saluai cordialement, tant l'issue finale me paraissait désormais évidente.

Sans que cela ne me surprenne, connaissant le lascar, son salut tempéra la canicule ambiante. Alors que je me souciais de pouvoir converser à l'abri des importuns, il me répondit :

— Ne vous inquiétez pas. J'ai réservé le déjeuner dans une auberge tranquille.

L'invitation me semblait bizarroïde. Un truc clochait.

Aussitôt mon optimisme en prit un coup.

Alors que nous venions juste de nous attabler, après quelques paroles aimables, il se décida et s'embringua d'une main doucereuse qui trahissait sa gêne :

— Je vous ai observé auprès du général et cela m'a rappelé notre première entrevue et le germe qui vous conduisit à moi, vous en souvenez-vous ?

Sa question me prit au dépourvu. Ne saisissant pas où il voulait en venir, je l'instruisis sans ménagement de mon agacement, tellement ma volonté de connaître ce qu'il était advenu de sa créature me tenait à cœur.

Ignorant mon objection, il poursuivit :

— Voyez-vous, je ne crois pas totalement au hasard. Notre liberté, en laquelle je n'ai aucun doute, zigzague sur un chemin tracé d'avance, une forme de fatalité qui nous guide et auquel il est malaisé d'échapper.

Je commençais à comprendre…

— Cette statue qui semblait vous préoccuper et je pense deviner pourquoi, est-elle vraiment innocente, plantée dans un jardinet face à la maternelle ? San Martin, cette gloire immense, fût un homme de cœur, pétri d'idées audacieuses et révolutionnaires.

Me remémorant notre entrevue initiale :

— Excusez-moi, mais je ne saisis pas le rapport avec les Guaranis ?

Visiblement détendu et heureux de pouvoir partager ses connaissances, il m'apprit que ce général naquit au milieu des territoires guaranis ce qui lui valût le sobriquet « el indio » et un mépris certain de la classe politique portègne.

Il renouait avec ses théories fumeuses. Pour lui, dans son échafaud, San Martin n'était plus le vainqueur des Espagnols, mais un exemple soigneusement choisi, pour concocter un dogme dont je percevais la finalité.

Je connaissais bien son verbiage, et je pressentais que l'épopée qu'il me retraçait ne serviraient qu'à justifier les dérèglements de Diego.

— Alors qu'après ses victoires militaires, son avenir politique paraissait tracé, il choisit de tordre le destin en désobéissant aux autorités pour se rendre au chevet de sa femme mourante. Son soutien à Belgrano et son ébauche de monarchie constitutionnelle dont le roi eût été un descendant des Incas demeura incompris et acheva de le tourner en ridicule.

Je m'impatientais car, si ce sujet m'intéressait, je comprenais bien que mon espérance de voir Diego sous les verrous s'éloignait.

— Son exil, après plusieurs tentatives infructueuses le conduisit finalement à Boulogne, en France.

Ma patience payait : l'inscription sur le socle désignait le lieu imprévisible où le combattant avait été inhumé. Je tentai de reprendre l'ascendant en restant respectueux. Je ressentais de l'estime pour le padre :

— Ceci est fort plaisant, mais je ne fais pas le lien avec ma visite ...

Il ne souffrit pas que j'achève ma phrase :

— Je reconnais bien là l'impatience qui vous a déjà joué des mauvais tours, attendez le final. San Martin, rappelé auprès du seigneur, les saisons passèrent, les passions s'éteignirent et après des décennies, la nation enfin reconnaissante rapatria ses restes qui reposent désormais, place de mai à Buenos Aires. Entretemps, vos compatriotes boulonnais, conscients de l'ampleur du personnage avaient érigé en son hommage, une imposante statue, au bord de la plage, sur la promenade éponyme.

Bien que rompu aux formules paraboliques du père Javier, je ne pigeais pas le rapport : San Martin tel qu'il me le décrivait, dégageait une aura sans commune mesure avec Diego. Mais, confiant dans l'acuité de ses analyses, je n'intervins plus.

— Pendant la guerre mondiale, un épisode extraordinaire se produisit. La ville fût totalement rasée. Tandis que la totalité des bâtiments situés en bordure de mer fut soufflée, seul San Martin ne subit aucun outrage et survécut indemne dans l'état où l'on peut l'admirer aujourd'hui. Évidemment, un esprit rationnel ne manquera pas de vous renvoyer aux probabilités, un fond commun au hasard, un tempérament taquin à la maladresse ou à l'adresse, selon le point de vue, des aviateurs anglais et américains. Pour ma part, en fils de Dieu, j'incline pour un miracle. Il n'a jamais voulu rentrer en Argentine. Terminée la période troublée succédant à l'indépendance, sa sûreté assurée, il aurait pu embrasser une belle carrière politique. Au lieu de cela, il a préféré vouer sa retraite à l'éducation de sa fille : la France fut sa thébaïde, non un exil. En épargnant le colosse de Boulogne, Dieu exauça, au-delà de la mort, la volonté ultime de ce héros qui avait choisi de déserter la glèbe des gauchos pour les rivages de la Manche.

Je ne parvenais pas à décrypter l'allégorie, ni la rattacher à mon obsession présente. Par contre, je venais de percer un trait marquant de sa personnalité. Sa mysticité n'avait rien à envier à celle de Diego.

Je ne savais qui du barbacole ou de l'élève était le plus jeté, mais je demeurai vigoureusement décidé à violer ses secrets et l'attaquai de front :

— C'est très joli, mais je ne vois pas le lien avec …

Il me coupa la parole de cette façon sentencieuse qui m'irritait :

— Votre réalité est bien trop superficielle : en vous brossant la geste de San Martin, un être de chair, je voulais vous faire comprendre que, certes, Dieu nous guide, mais que nous demeurons libres de nos actes. Nous pouvons écoper docilement les accidents du quotidien ou décider de les infléchir comme il le fit.

Voilà comment traiter quelqu'un poliment de con !

Je me sentis rabaissé et peu enclin à écouter ses balivernes plus avant.

— J'ai parcouru ce chemin pour entendre vos révélations et vous m'embabouinez avec un cours d'histoire mâtiné d'une frottée de métaphysique. Venons-en au fait ! Vous êtes-vous dénoncé ?

Je le vis s'agiter, mal à l'aise avec ma réalité superficielle. Je continuai de le dévisager, attendant qu'il se ressaisisse. Il doit être écrit que ce satané jésuite aurait le dernier mot. Alors que je croyais enfin le tenir, il agita sa botte secrète.

En silence, il posa deux enveloppes. Ravi de son effet, il s'acharna :

— Avant de vous dévoiler leur contenu, je vais calmer votre picotement et panser votre curiosité.

Il m'indisposait mais possédait le don de ménager le suspense. Il se lança dans un monologue ennuyeux destiné à m'éclairer sur les péripéties intervenues après mon départ.

Mon compte-rendu, adressé à son instance, aux membres de la conférence épiscopale, conjugué prétendait-il, à ses propres auspices, avait conduit à la chute de l'évêque. Plus précisément, celui-ci, pressé par sa hiérarchie choisit de démissionner et hérita d'une humble mission pastorale dans l'extrême sud du continent.

Quant à lui, exhorté à renoncer à sa paroisse, il grappilla une quarantaine forcée et désormais sillonnait la province, pour enseigner la religion aux ados.

Arguant que cet exil purificateur priverait Diego, à jamais des pourpres de la cardinalice, il s'évertua à me convaincre que la justice avait tranché, un dénouement en quelque sorte. Je lui intimai violemment mon désaccord, lui vomissant :

— Votre justice pharisienne ne fait que bafouer la mémoire de Maria. Affronter la Terre de feu ne signifie pas brûler en enfer.

L'emploi de cette métaphore, loin de susciter en lui un quelconque émoi, n'eût comme effet de lui offrir un nouveau champ d'oraison.

Par ailleurs, son obsession de vouloir justifier à tout prix les combines de son poulain ne le quittait pas. Pendant que je scrutais les enveloppes, de plus en plus intrigué, il reprit de plus belle :

— Vous êtes de nature idéaliste si vous croyez que les juridictions terrestres auxquelles appartient celle de l'Église, prétendent restaurer un ordre moral. Elles ne poursuivent qu'un dessein, maintenir une discipline sociale. Seule la bonté divine possède le privilège de distribuer à chaque être un dictame moral.

Piqué au vif par son cérébralisme, je lui objectai que la croyance en un décret divin ne le dispensait pas du respect des règles sociales et, qu'en se barricadant derrière la position de son Église, il faisait fort peu de cas de son appartenance. Tandis que je me focalisais sur les enveloppes, il s'enflamma de nouveau :

— Avec cette démarcation, je voulais également vous faire entrevoir que l'intérêt de la société ne s'accorde pas nécessairement à nos chimères et que sur ce plan, la justice ici-bas, nous trahira encore. Les monstres adulés ne sont pas prêts de trembler.

Je détestais quand il s'abandonnait à ces assommantes homélies dont souvent la finalité masquée m'échappait. Je m'appliquai à le recadrer, mais rien ne fit. Je ne l'empêcherais pas, cette fois d'aller au bout.

— Vous semblez déconcerté à l'idée que notre société, fille de la Révolution française, puisse bafouer les principes d'égalité et de probité dont elle est l'héritière.

— Je ne réclame rien. Sur ce sujet, La Fontaine a déjà tout dit. Vous commencez à m'emmerder…, craquai-je alors.

Transporté par ses convictions, il encaissa l'insulte :

— Ne possédant pas tous, les qualités propitiatoires à la survivance de la communauté, il est compréhensible que nous ne soyons pas jugés pareillement. Je vois bien que vous êtes froissé, par cette insulte au ridicule principe d'égalité. Mais ce concept magnanime est fréquemment démenti par ceux-là mêmes qui le prêchent. Songez à Gesualdo qui, à l'image du Caravage, impliqué dans un homicide, bénéficia de la protection de sa puissante parentèle. Ainsi, il ne fut pas inquiété du meurtre de l'épousée et de son amant, et poursuivit son œuvre musicale. Le peintre, éternel mauvais garçon ne fût protégé que par son talent. Contraint d'échapper à la potence, il erra de cour en cour léguant à la postérité ses toiles magistrales. Dans les deux cas, la société, faisant abstraction de ses propres lois a préféré tiré bénéfice du génie de ces deux malfrats plutôt que de les clouer au pilori.

En prenant des exemples consistants, faute de me gagner à sa cause, il aiguisait ma curiosité. Je comptais bien le pincer en lui faisant remarquer que ces antécédents dataient de mathusalem, et que depuis, les mœurs avaient évolué.

— Vous seriez naïf de le croire. Tenez, puisque vous êtes français, je vais vous soumettre un scandale plus récent sur fonds de décor parisien : les avatars de ce Luna…

Dérouté par cette auréole de camarilla calotine, je fouillais dans ma mémoire et me remémorai Pedro de Luna : « Pierre de lune », ce pape qui régna brièvement sur la dérisoire presqu'île de Péniscola. Alors que j'allais intervenir, il s'obstina :

— Juan Luna ce peintre, meurtrier lui aussi de sa compagne et …

Il remarqua sans déplaisir mon étonnement qu'il convertit, à juste titre en méconnaissance.

— Juan, soupçonna sa dulcinée de l'avoir trompé. Il la trucida ainsi que la belle-mère, laissant l'amant plus chanceux, s'en tirer avec une colique carabinée. Ceci serait assez banal si ces tribulations ne s'étaient déroulées au vingtième siècle en France, le berceau des droits de l'homme et surtout si l'assassin de la Villa Dupont n'avait pas été acquitté par les tribunaux de votre exemplaire démocratie !

Il bichait. J'aurais pu ergoter sur la survenance précise d'intrigues dont j'ignorais l'alliage, mais je préférai m'abstenir. Je le supposai capable d'en ressortir une.

— Et qu'advint-il, selon vous, de ce peintre remarquable ?

Je la bouclais, boudeur devant mon inculture.

— Dans sa patrie, les Philippines, il figure au rang de héros et contribue à étoffer le roman national. Enfin, dans les prochains mois, la très « british » National Gallery lui consacrera une rétrospective. Vous concevez maintenant que notre société s'empiffre de ses propres iniquités. La raison d'État ne constitue pas l'injustice majeure de nos sociétés, le peuple s'accommode des siennes sans ignominie.

Je devais admettre qu'il avait marqué des points mais je l'avisai qu'avec de tels personnages, on était loin de Diego.

À l'écoute ce prénom, il se murait d'un calme surprenant. Cette fois ne faillit pas. Il me vanta ses qualités hors du commun et radota à nouveau sur la destinée humaine. La position de l'Église, qu'il approuvait, lui avait laissé une chance, sans manquer de lui infliger une sanction juste.

Cette conclusion saigna comme une insulte et me fit lâcher prise. Je sentais qu'il divaguait dans une sphère où le réel s'effaçait facilement devant l'irrationnel.

Cela me permit d'en revenir aux enveloppes. Pendant que je les tripotais tout en gardant l'œil rivé sur elles, son sermon abouti, il me tança de ne point les ouvrir. Docilement bien que dubitatif, j'obéis. Sans surprise, car je commençais de bien le connaître, il me conjura :

— Vous devez me promettre, quoiqu'il arrive, de n'en ouvrir qu'une et ce, pas avant deux jours.

Cette comédie, car c'est ainsi que je la considérai, ne m'étonna pas, venant de sa part.

— Je présume que ce laps de temps constitue pour vous un possible délai de rétractation ? Une sorte de remords…

Il abonda dans ce sens :

— Il m'est pénible d'en arriver à une pareille extrémité et j'ai conscience de votre expectation. Quelle que soit la missive que le ciel vous mandera, son contenu vous éclairera. Si je m'en remets au sort pour sceller l'avenir d'un …

Je compris qu'il désignait Diego.

— … c'est que mon cœur souffre des affres de l'incertitude. L'épithème que j'implore n'est que l'aune de ma faiblesse. Bien que nous soyons de complexion fort différente, je sais que je puis compter sur votre loyauté et que vous vous conformerez à ces stipulations.

— Ouah ! Tout ce galimatias pour dire çà, Padre ! Je vous promets. Je ne moufetterais pas…

Mais, si je comprenais ses scrupules à trahir Diego, le zinzin des enveloppes me perturbait. Passablement excédé, j'ajoutai vertement :

— Si j'ai pigé, je peux accéder au contenu de l'une, mais devrais ignorer à jamais la seconde. J'imagine, interrompez-moi si je me goure, que la bible qui en résultera, forgera également pour moi une réalité et dépêchera l'autre aux calendes grecques.

Il ne répondit pas. Je le persécutai :

— Ma préférence ou plutôt le hasard déterminera le sort de Diego ?

Sans un mot, il acquiesça d'un hochement de tête et je perçus dans ce geste désenchanté, une marque d'épuisement. Je jugeai sage de nous séparer.

Il retint longuement ma main comme s'il voulait me remercier. Ses yeux embués trahissaient une tristesse qui me toucha. Je me dégageai de son étreinte et fichai le camp.

Les cloches scandèrent les 14 heures à Humahuaca. Il me restait deux journées à patienter.

Je m'éloignai du restaurant et arpentai à pied la route qui se dirige vers le nord en direction de la Bolivie. Il était grand temps de me calmer en faisant quelques emplettes.

La rue débouchait sur le marché, couru par une populace bigarrée majoritairement indienne. De misérables éventaires, proposaient une foison de produits alimentaires ainsi qu'une pléthore d'articles ménagers et d'objets courants.

Rebuté par tout ce fatras, je me contentai de prendre quelques photos et remontai en voiture.

Au sortir du patelin, sur la droite, je désertai le macadam pour m'engager sur la douloureuse piste qui mène à l'Hornocal. Au bord du talus, assis sous un arbre, un duo d'autostoppeurs désespérait.

Ne souhaitant pas être dérangé, je ne m'arrêtai pas. Puis, à la vue des lacets qui saucissonnaient le mont, je fis volteface et retournai les chercher.

Il s'agissait de très jeunes gens et leur joie n'eût d'égal que leur étonnement. La gamine me remercia dans un très bel espagnol. Elle fût un peu déçue que je lui réplique en Français, un rien d'accent l'ayant trahie. Pour me faire pardonner, j'appuyai un compliment sincère et nous prîmes le chemin des cimes.

Le sentier s'éployait placidement sur le flan de la montagne, mais les graviers qui le jonchaient, l'escarpement et les ravins cauteleux qui le bordaient, rendaient la conduite délicate.

C'est pourquoi je demeurai concentré et silencieux, contemplant l'estampe qui bavochait sur un paysage morne, à la végétation rabougrie où seuls les gouffres encaissés retenaient mon attention. Près du sommet, la pente s'adoucit et nous traversâmes une sorte de plateau, garni d'une prairie desséchée où paissaient des vigognes.

Enfin, nous arrivâmes à l'entrée du site, sommairement indiqué par un écriteau en bois et rejoignîmes le parking quelques lacets plus haut. Nous étions seuls. Un vent sec et froid balayait l'esplanade pelée qui faisait face à l'Hornocal.

Sous l'azur du ciel, ébloui d'un or céleste, une force hostile se dressait devant nous.

Je sortis du véhicule et ressentis sur le champ, la pression de l'altitude. Je dus m'oxygéner profondément pour recouvrer une ventilation normale. La sierra aux quatorze pigments s'étalait avec arrogance en un colossal écran.

Afin de zoomer la scène, nous descendîmes un chemin abrupt qui, un chouya d'adrénaline plus tard, nous abandonna au bord du précipice qui défie le massif.

Le décrire est plus délicat que de peindre les battements du cœur, ou de sculpter le vol d'un oiseau.

L'Hornocal paonne de son olympienne stature et, d'emblée interpelle : est-ce la nature qui singe les humains ou bien ceux-ci ont-ils buriné, en des temps ancestraux, ces formes pyramidales à la congruence mathématique ?

Les rayons du soleil débauchés par le vent et les nuages, désengourdissent l'animal dont la mantelure ondule aux rythmes des changements de couleurs. Nous demeurâmes longtemps, tous trois immobiles, sans pouvoir articuler un mot, cloués devant l'ogre ensommeillé qui se dandinait à nos pieds.

Malgré moi, les déraillements des deux jésuites m'encrassaient toujours le ciboulot et je conçus que sous certains auspices, des forces suprasensibles puissent nous gouverner et corrompre notre jugement.

Après cette halte émerveillée, en silence, nous affrontâmes l'ascension. Les feuilles de coca que nous mâchouillions, rendirent la montée moins éreintante. J'abandonnai mes deux compagnons de route devant la mairie, et réalisai que nous venions de passer plusieurs heures sans vraiment se parler.

Le retour à la civilisation réactiva des préoccupations plus ordinaires et le spectre des enveloppes embrunit à nouveau mon esprit. Malgré mon empressement grandissant, je patienterais avant de les ouvrir.

Je décidai, après avoir consulté la carte, de rattraper Salta en faisant un crochet par « Salinas Grandes », le désert de sel argentin. Si le détour au milieu des paysages arides qui bordent la nationale vers le Chili mérite le déplacement, le spectacle du salar me désola.

L'éclat de cette écorce ivoirine qui, au pied de la Cordillère se teinte dans le lointain de miroitements argentés, virant au bleu à l'heure du couchant, n'a d'égal que le sentiment de mort qui enrobe cette immensité salée. J'abandonnai à leur destinée les pauvres diables qui triment quotidiennement sur cette splendeur malsaine.

Dans la douceur de la nuit, je retrouvai Salta et sommeillais au bourdonnement de la belle endormie.

La journée suivante s'écoula lentement. Je me baladai, de place en square et de square en place, savourant la ville et ses fontaines jaculatoires qui déversent leur fraîcheur sur les flâneurs, assommés par la moiteur de l'été finissant.

Je paressais sur un banc à l'ombre des arbres qui défendent la place du 9 juillet attendant que sonnent les cloches de la cathédrale. Dans un carillon assourdissant, elles entonnèrent leur concert éphémère.

J'écorchai fébrilement une des lettres et en libérai une vieille photographie, meurtrie d'attentions excessives, qu'accompagnait un billet manuscrit. Elle représentait une jeune femme serrant dans ses bras un nouveau-né, avec en bas, une mention griffonnée : « Diego et sa maman ».

Dans sa confidence, le père Javier exhumait les ossements de sa jeunesse, contait l'émergence de sa foi et l'immixtion dans son cosmos, de ce fils qu'il n'avait pas désiré. Le mariage ne fût jamais d'actualité.

Diego naquit des suites d'une soirée étudiante trop arrosée, et la promise fautive épousa le fiancé béjaune qui légitima le bâtard, lequel jusqu'à présent, ignore tout de sa genèse.

Si cette révélation m'apprenait beaucoup sur le comportement et l'attitude du padre et m'éclairait sur le mimétisme intellectuel qui l'unissait au fiston, elle me fit regretter mon tirage.

Je menai la lecture à son terme. Ils retraçaient, les soins discrets prodigués à son fils et confirmaient l'admiration maladive d'un daron pour son rejeton.

Diego s'en tirait et je n'y pouvais rien, à moins de renier ma promesse...

La lettre s'achevait ainsi :

« Cette photo est le bien le plus précieux que je possède, prenez-en soin ».

Cette phrase, dont je saisis le double sens portant le poinçon du padre, ciselait le bide de mes espérances. Je pestai sur mon banc en triturant le second pli, espérant naïvement qu'ainsi il me révélât son contenu.

Puis, avec le remue-ménage autour de moi, Salta me reprit dans ses bras et mes regrets s'évanouirent.

CHAPITRE 8 : DES GLACIERS DANS LE WHISKY

Le mardi, désireux de tourner la page, je m'envolai pour la Patagonie. Dans ma tête, je me figurai des contrées farouches au climat repoussant.

El Calafate contesta cette vision grossière. Au sortir de l'aérogare, je parcourus une campagne ingrate, couverte de boqueteaux haves et ceinte de montagnes teigneuses, que fouettait un cafardeux flux d'ouest.

Au lieu de la fin du monde redoutée, surgit du creux d'un vallon, une oasis collée sur la rive sud du lac Argentino. Son efflorescente végétation, ses parcs arborés, ses jardins en fleurs, la richesse architecturale et le modernisme de la cité allaient me retenir plusieurs jours.

Le lendemain, l'envie me prit de visiter le Perito Moreno. Au petit matin, je m'engageai sur la route australe, certain de braver une nature vipérine semée d'embûches.

Les eaux céruléennes du lac Argentino qui éclairent le paysage me firent oublier, tout le long du trajet, les ruades violentes du vent. Nulles embûches à l'horizon.

Il était encore tôt lorsque j'atteignis mon but. Il pleuvinait. Le froid, conjugué aux gifles venteuses, me rebuta. J'hésitai avant de m'élancer. Après avoir dévalé la première échelle, je ne le regrettai pas. Un fleuve de glace languissant s'offrit à ma vue, confisquant l'espace.

Je ne saurais décrire précisément les états d'âme que m'inspirait cette masse liliale veinée de bleu. Mais, en dépit de mes efforts pour les repousser, Iguaçu et ses chutes ne cessaient de me tourmenter.

Aux antipodes du pays, la puissance et la violence unissaient ces deux hercules en de communs desseins destructeurs. Je sentais la mort rôder.

Face au Perito, je ne ressentais pas le vertige des cataractes qui vous happent vers le vide, mais un endormissement patelin qui paralyse et étouffe tout sens du danger.

En ce lieu magnifique, ressurgissait des ténèbres, l'ombre de Maria. Pour la fuir, je me projetai loin vers l'horizon, là où les rives du lac se confondent avec la montagne et les nuages, dans un apaisant ouaté de mauves, de verts et de gris.

Après une remontée ardue, je regagnai la route du Sud, m'enlisant dans cette Patagonie âpre où l'empreinte humaine se fait plus respectueuse.

Vers Puerto Natales, de modestes hameaux aux maisons coquettes et colorées viennent rompre la monotonie.

Les troupeaux de moutons qui parfois envahissent la chaussée dispersent un nuage d'animation en gratifiant les automobilistes d'une causette avec les bergers.

Au fil des kilomètres, les paysages se répètent. La solitude s'invite, plus pressante et propice à la désespérance.

Les bouquets de lupins sauvages qui agrémentent les accotements et égaient les prairies me distraient jusqu'à ce que s'annoncent les faubourgs de Puerto Natales.

Une bourgade indolente et résignée se terre dans l'époustouflant écrin de cimes enneigées qui ceinture le lac, sans cesse tourmentée par les gourmades féroces du pampero.

Les trombes d'eau me claquent au visage, ranimant l'image tragique de Diego.

La causerie avec le révérend m'avait appris qu'il traînait dans les parages. Malgré l'immensité de la Patagonie, l'espoir ou la crainte de le croiser ne me quittait pas.

Quand je pénétrai dans le restaurant, mon pouls s'accéléra à la vue de l'homme basané, installé au bar. Il se tourna vers moi. Je pris conscience avec soulagement de ma méprise.

Ce dîner fût incontestablement, le meilleur de mes deux trips en Argentine et au Chili. Avec un brin de condescendance française, je m'étonnai qu'un tel bled, niché au creux de nulle part puisse servir une cuisine si raffinée et un merlu au beurre noir à se tordre.

Avant de retrouver le navire qui devait me balader à travers les canaux, il me restait quatre heures de voiture pour atteindre Punta Arenas.

Après la blême et mélancolique Puerto Natales, m'enfonçant plus au sud, je découvris une agglomération grouillante de cent cinquante mille âmes, envahie de carrioles de marques françaises et obsédante de contemporanéité.

Je déambulai au gré des rues tracées au cordeau, legs de leur jeunesse américaine, traversai le marché de noël, dédaignant ses colifichets made in china, pour descendre vers le port.

De belles demeures érigées au dix-neuvième siècle jalonnent l'avenue. Je rase leurs pignons pour déjouer la morsure glaciale des averses mais ne souhaite pas rebrousser chemin. Je débouche enfin sur l'interminable quai qui longe la mer.

La pluie a cessé et un rayon de soleil éclaire le détroit de Magellan. Je m'allonge sur le parapet, rêveur, le regard tourné vers la Terre de Feu.

Dans l'après-midi, les interminables paperasseries évacuées, j'embarquai sur le Monestra.

Tandis que j'explorais les moindres recoins accessibles du navire, mon obsession de fouler le cap Horn s'intensifiait. Ce rocher matérialisait pour moi, un rêve de mousse autant qu'une saga familiale, un ancêtre l'ayant franchi à plusieurs reprises à la glorieuse époque de la marine à voile.

Mon tour s'acheva au bar panoramique du pont 5. L'obscurité emmaillotait le Monestra qui glissait silencieusement dans une nébulosité crépusculaire.

Le sillon d'écume de la poupe étirait un faisceau de lumière fade qui se brésillait en une plèvre frémissante à la surface de l'eau.

Je commandai un whisky tout en épiant les voyageurs avachis dans leurs fauteuils.

Un brouhaha feutré me parvenait et ma quête de m'immiscer, ne serait-ce qu'un instant dans le privé d'autrui, semblait voué à l'échec. Un serveur m'interpella :

— Votre whisky Monsieur Mauran !

Surpris, je me redressai et reconnus Valmir, le chauffeur du Malevola. Cette présence inattendue me fit chaud au cœur.

— Que faites-vous ici ?

— Durant l'été, c'est la saison des pluies au Brésil. Je viens bosser ici. C'est un taf sympa et bien payé.

Nous n'échangeâmes que des platitudes, de ces gouttes insipides qui vous sauvent momentanément de la potomanie mondaine.

Cet interlude m'ayant, par ailleurs permis de m'imprégner des usages en vigueur sur le bateau, je réintégrai ma cabine, satisfait de la soirée. Pendant que nous dormions, le paquebot avait quitté le détroit de Magellan par le Pacifique afin de rejoindre le canal de Beagle.

Tôt le lendemain, le grupetto « espagnol » auquel j'appartenais, se rassembla au restaurant du pont 3 pour le briefing précédant l'excursion. Nous devions fouler les glaces du Pia, prémisse à l'impressionnante série de glaciers qui chaperonnent la rive nord.

J'écoutai scrupuleusement les instructions, tant par appétence pour ce genre de procédure, que par la concentration que nécessitait de ma part l'exposé en langue étrangère.

Le Pia se situe à l'extrémité d'un fjord, enchâssé dans un couloir montagneux enrobé de glace. Bien entendu, il n'existe aucun havre autorisant l'accostage des navires.

Le débarquement s'opère grâce à des canots qui multiplient sans arrêt les allées et venues au milieu des icebergs. Face à la fragilité de ces esquifs et à la froidure de l'eau, on apprécie pleinement les consignes de sécurité.

Ma curiosité se concentra sur le système de comptage des passagers, conçu pour contrôler leurs déplacements. Dans chaque cabine, un gilet individuel de sauvetage est tenu à disposition, ces bouées orange aux formes rebondies que détestent les femmes.

Chaque matériel comporte, accrochée sur la poitrine, une clef cuivrée dont la présence me chatouilla.

Cela fait partie du dispositif sioux qui permet de contrôler les mouvements du bord.

Avant de monter sur les pneumatiques, chacun doit la retirer et la suspendre sur un tableau situé à la poupe. Ensuite, lors de l'embarquement proprement dit, un marin s'assure qu'elle a bien été ôtée du gilet. Au retour, on la récupère jusqu'à la prochaine équipée.

Tout au long des opérations, il s'avère dès lors aisé pour l'officier de bord, de vérifier, en consultant le panneau, l'identité des excursionnistes encore sur l'eau. Je m'amusai de cette procédure pragmatique et ne manquai pas d'en relever la faiblesse.

Dans la pratique, cet accessoire restait sans surveillance et il était courant de surprendre un passager, rafler les clefs de toute sa tribu. Je n'en imaginais pas encore les conséquences…

Le Pia, un glacier fabuleux, rappelle le Perito Moreno, par sa taille imposante et sa situation en bordure d'eau. Là s'arrête la comparaison. À l'austérité sévère de la vallée du Perito, le Pia oppose le panorama théâtral du cirque dans lequel il est ancré.

Ayant regagné le bateau, après avoir essuyé un embrun vivifiant je me rendis au pont 5 pour bénéficier du meilleur point de vue.

Les prochaines heures devaient nous offrir le spectacle de « *l'avenue des glaciers*[10] » que je ne voulais pas manquer.

Le ciel se couvrait, mais les rayonnements du couchant continuaient de poindre, irisant d'une lumière blafarde, la strate nuageuse qui s'étoilait de multiples nuances aux tons pastel.

Je ne saurais décrire la beauté des paysages qui se consumaient devant nous, tant la grandeur et la majesté de la fresque carbonisaient le moindre filament de rationalité.

L'entièreté des voyageurs se regroupa sur le pont 5 et ses terrasses extérieures, la plupart ayant l'œil rivé sur l'objectif pour immortaliser la scène. Un silence quasi religieux régnait parmi nous, chacun se déplaçant avec circonspection pour saisir l'angle de vue parfait ou emprisonner l'exposition idéale.

---

[10] *La partie ouest du canal de Beagle est ainsi baptisée en raison des quatre gigantesques glaciers que l'on peut croiser en moins d'une heure de navigation : France, Italie, Allemagne et Hollande. Le Chili a choisi ces noms en honneur aux explorateurs européens qui ont permis, au XIX siècle de cartographier cette contrée.*

Nos regards se télescopaient mais les familiarités et les sourires convenus avaient cédé leur place à une solennité dramatique comme si, le lieu inspirait la crainte ou le respect. Des silhouettes furtives circulaient parmi les passagers, voguant de bâbord à tribord, pour leur offrir d'un geste silencieux, qui une coupe de champagne, qui un toast au foie gras.

Après quelques photos, je me retirai dans le coin du pont supérieur le plus venteux, face à la proue. La blancheur de la glace, le tourbillon colorié des nuages et le frémissement cristallin des flots tempéraient l'engelure qui me gerçait la peau.

Nous longions maintenant les glaciers les plus fameux.

D'Allemagne, je retins la sévérité d'un trait parfaitement dessiné, telle une moustache blanche flanquée sur la rocaille grisâtre.

D'Italie, je ressentis le brillant déluge d'un opéra de Rossini qui s'achève dans la magnificence d'une coulée débordante.

De France, je déplorai le doux désordre qui se disperse en d'innombrables bédières, sans régenter, ni le granit, ni la mer.

Le froid devenant plus piquant, je décidai de rentrer. Valmir me servit un scotch accompagné d'une coupelle d'eau :

— Vous voyez, je me souviens ! Une goutte d'eau pour exprimer les arômes, précisa-t-il.

— Et surtout, pas de *glaciers* ! répliquai-je en rigolant.

Je traînais souvent au bar. Il venait me tenir compagnie et discuter dès qu'il avait un moment. J'aimais ses épanchements qui peu à peu me permirent de le connaître. Enfin, je le croyais.

Au fil des jours, une complicité singulière s'était installée entre nous. J'appréciais ses propos pleins de sagesse et la manière dont il causait, avec une certaine candeur, de son quotidien.

Je devais lui inspirer confiance, car progressivement, nos conciliabules prirent un tour plus personnel.

— J'ai eu une jeunesse difficile, mes parents avaient des problèmes et, livré à moi-même, j'ai fait des conneries.

— Apparemment, tu t'en sors pas mal.

— J'étais doué à l'école. Je crois que j'aurais pu faire des études et avoir une meilleure situation.

— Il n'est peut-être pas trop tard.

— Je ne regrette rien, j'estime avoir beaucoup de chance. Ma rencontre avec un prêtre hors du commun m'a délivré du sirop de la rue et rapproché de Dieu.

Je ne pouvais m'empêcher de calquer un visage à ce prêtre, tellement l'épouvantail de Diego m'obsédait. C'était une folie. Je m'en gardai bien.

— En quoi la rencontre avec Dieu a-t-elle changé ta vie ?

— Elle m'a permis de fonder une famille, d'avoir deux enfants merveilleux, le plus grand bonheur pour un homme.

— Pas besoin d'être croyant pour ça.

— Dans ma condition si ! Je ne voulais pas reproduire ma misère ni engendrer une progéniture qui ne serait pas heureuse. La foi m'a donné la force et la certitude que demain ne nous appartient pas. Il attend nos enfants. Nous ne devons pas les en priver.

Tandis que je m'étonnais de la pertinence de ses propos, à son tour, il m'interpella :

— Et toi, es-tu croyant ?

Cette question me dérangeait. Elle me dérange toujours.

— Dieu n'existe pas…, c'est « Lui » qui me l'a dit.

Valmir ne comprit pas l'expression de mon doute et pensa que je me moquai de lui. Je détournai la conversation :

— Au Brésil, ta vie, ça doit pas être facile…

— Je ne repousse pas l'aisance matérielle mais elle n'est pas le moteur de ma vie. J'appartiens à une communauté reconnaissante et je suis fier de la place que j'y occupe.

J'hésitais à poursuivre la conversation, car ma position me paraissait déplacée. Il devina mon embarras :

— Tu sais, dans mon travail, je côtoie pas mal de gens riches. Je ne suis pas jaloux, même si parfois je vous envie et trouve que mes efforts ne sont pas bien récompensés.

Je voulus me dégager de ces sujets mais l'approche de la nuit parut, au contraire, favoriser son besoin de privauté. Il revint sur l'épisode du commissariat :

— Il faut que je t'avoue… Tu sais, quand t'étais chez les keufs, j'suis pas resté dans la voiture.

Bien que ce ne fût point un scoop, j'écoutai :

— Comme je m'ennuyais, je suis allé me dégourdir et surpris votre parlote. J'étais curieux car je ne croyais pas à ta fable à propos des papiers.

Contrarié de la résurgence d'un épisode pénible, je voulus l'interrompre, mais il ne me donna pas le choix.

— Au début, faut dire que je me suis foutu de ce bobard.

Ces aveux me replongeaient dans une atmosphère désagréable, mais je le sentais sérieux, susceptible de m'apporter une information.

— Ensuite, à la maison, j'en ai parlé à Monica qui m'a traité d'imbécile. C'était pas souvent, ça m'a fait réfléchir…

Cette bouderie, bien dans le style candide de Valmir me barbota un sourire.

— Elle m'a rappelé notre enrôlement spirituel et son exigence de tolérance. Voilà pourquoi je regrette de m'être moqué de toi, fallait que je te le dise.

Je n'en croyais pas mes oreilles. Sa bobonne n'avait pas tort, mon ami est complètement sonné.

— Et c'est tout ? lui rétorquai-je vivement.

Ma réaction le dépita, et je le vis, incrédule, se racornir, la bobèche quinaude d'un gamin qui vient de commettre une bêtise.

— Excuse-moi, je suis très touché parce que tu viens de me dire, repris-je pour le rasséréner.

Il avait seulement été un témoin fugace de mon interrogatoire et n'en savait guère plus. Il tint cependant à se justifier et regrettait sa passivité, comme la mienne :

— Je ne comprends pas comment nous ne sommes pas accourus pour secourir cette femme ?

Je réalisai en l'écoutant que le sort de Maria ne me touchait pas d'un point de vue émotionnel. Elle incarnait pour moi une figure abstraite.

Seule l'aversion que m'inspirait le personnage de Diego motivait mon acharnement. Plus qu'un sens de la justice, la cruauté m'était intolérable.

Peut-être, parce qu'égoïstement, je craignais un jour d'en être victime.

Durant les jours qui suivirent l'escale du Horn, les contacts avec Valmir s'espacèrent, nos apartés se firent plus brefs. Bien qu'il s'en défendît, je sentais une tension manifeste que j'hésitais à attribuer à notre relation.

Les membres de l'équipage, dès qu'ils le pouvaient, s'isolaient en petits groupes dans l'encoignure d'une coursive et papotaient à voix basse. Je voyais que ça clochait quelque part. La croisière s'achevait.

CHAPITRE 9 :
L'INTERROGATOIRE

Abandonnant derrière nous les montagnes majestueuses de l'île Navarino, le navire glissait lentement sur les eaux calmes du canal.

Peu avant midi, Ushuaïa saupoudra le paysage, de sa grisaille accrochée aux flancs du Cerro.

Le débarquement confirma cette vision amère. Pour accéder à la station de taxis, nous dûmes, chargés de notre barda, arpenter à pied un interminable corridor bordé de bâtiments ternes et sales. Cette morose escapade finit par emporter la magie de la croisière et figura notre brusque retour à la réalité.

Les premiers passagers, parvenus au terme de leur cheminement, s'agglutinaient déjà devant l'entrée d'un étroit tunnel, passage imposé pour subir les formalités.

Ushuaïa marquant la frontière maritime entre le Chili et l'Argentine, en froid depuis la guerre des Malouines, je m'attendais à ces complications.

Je trouvais étrange que parmi l'armada de fonctionnaires figurent des marins du Monestra. Je ne tarderais pas à entrevoir la véritable cause de ce déploiement de zèle.

Les valises et bagages systématiquement ouverts et fouillés, puis confiés au flair de chiens renifleurs, chacun devait se prêter à une séance photos sous l'œil scrupuleux des officiers du navire.

Quand un passager leur semblait louche, ils glissaient leurs indications à l'oreille du chef. Plus rarement, certains étaient invités à se rendre dans une sorte de bocal en verre, situé en retrait où se dessinaient les silhouettes d'agents en tenue.

L'ambiance devenait pesante et la fébrilité croissante des préposés empoisonnait l'atmosphère. Ayant exclu de me livrer au jeu des hypothèses, j'attendis placidement mon tour. L'inspection de mon fourniment ne donna rien, ce qui sans raison, me ravit un soupir de contentement.

Pendant que je posais pour le cliché, je ne quittais pas des yeux mon passeport qui se trimballait entre leurs paluches. Un policier m'enjoignit de le suivre et me conduisit vers la cage vitrée.

Amanda m'accueillit drôlement comme si ma présence ne la surprenait pas. Étonné de la revoir là, si loin de Salta, je zappai la fraîcheur de son abord :

— Amanda, quelle surprise !

Elle me répondit sèchement, sans un salut, mais je dirai, sans haine :

— Ce poste, dans ce trou perdu, en quelque sorte, je vous le dois...

Sa voix trahissait son irritation et ses yeux ruisselait de colère. Elle me dévoila, d'un verbe rapide, comment après l'académie, malgré de brillantes études et en dépit d'un classement flatteur, s'effumèrent ses rêves bonairiens[11].

Sa ténacité à vouloir coincer la canaille, en tant qu'aspirante, exaspéra sa hiérarchie qui l'expédia en Patagonie. Puis, reprenant son assurance, elle m'interpella rudement :

— Je pensais vraiment que comme moi, vous auriez renoncé, mais il a fallu que vous fassiez des sottises. Je crains que votre situation ne devienne vite compromettante.

Je l'écoutai incrédule, car ses propos n'évoquaient rien. Mais, je ressentis progressivement comme un saisissement oppressant qui me paralysait. Elle s'accrocha :

— On a repêché au cap Horn, la brassière du père Anselmo. Jusqu'à présent, les recherches n'ont pas permis de mettre la main sur le corps. Vous avouerez

---

[11] *Bonairien : qui concerne Buenos Aires.*

que votre présence à bord est troublante. Votre conviction de sa culpabilité, vous ont fait péter un câble.

La nouvelle de la disparition de Diego, bien plus que les insinuations d'Amanda, me secoua durement. En effet, j'ignorais qu'il officiât sur le navire.

Quant à l'intention de faire justice, Amanda pouvait le croire. Elle ne me connaissait pas. Son gagne-pain la prédisposait à ce genre de conclusion. Même si les criminels ne sont pas tous des détraqués, sans secousse ni blessure intérieure, je demeurais incapable d'opérer un tel geste.

Je tirai profit du bref répit qu'elle m'accordait, chamboulée par son emportement, pour la rembarrer :

— Comment pouvez-vous dire ça ? N'est-il pas plus logique d'imaginer que Diego, votre Anselmo, repentant et outragé de sa condition humiliante, ait tout bêtement décidé de rejoindre son Seigneur ?

Elle sortit de sa coquille et sa bouille renfrognée n'augurait nulle clémence. Agressive, elle m'asséna :

— Ne me parlez pas de suicide ! Je ne me le figure pas céder à pareille tentation. Vous faisiez partie, comme lui de la sortie. Il vous aura été facile de vous éloigner du groupe et le balancer du haut de la falaise.

Curieusement, pendant qu'elle développait ses arguments, je reprenais confiance. Ces hypothèses ne collant pas à la réalité, je m'enhardis :

— Pour m'accuser de la sorte, vous devez posséder de solides preuves…

— Monsieur Mauran, non seulement, je suis persuadée me trouver en présence d'un meurtre, mais je détiens la preuve qu'il a été prémédité. Comme je vous l'ai dit, nous avons mis le grappin sur le gilet du père Anselmo, suspendue à un récif. Mais, et cela est plus perturbant, la clef correspondante, aurait dû figurer accrochée sur le tableau du pont d'embarquement. Or, elle n'y était pas. Le meurtrier l'aura subtilisée, espérant ainsi que la disparition passe inaperçue. La méticulosité du gardien, qui journellement effectue la tournée d'inspection du rocher, contrecarra ces desseins. C'est lui qui repéra le gilet et alerta les autorités. Sans cela, la victime vivant recluse, faute d'ouailles à confesser, nous n'aurions jamais su précisément où il avait disparu...

Pendant qu'elle argüait, je revivais l'épisode sombre du cap Horn.

Quand, dans la brumaille de l'été, nous prîmes pied sur le rivage de la minuscule crique, je sentis mon cœur chavirer. Fouler cet îlot exilé des mers du sud figurait un aboutissement.

Je gravis l'escalier escarpé qui mène à la falaise, accompagné d'un groupe de Suisses. Parvenu sur la crête, souffletée par les grains, le spectacle me chagrina.

Cet îlet déplumé que l'on déloge au pas de course par des tortilles caillouteuses, propose un mince butin :

un monument et des stèles mercantiles, conduisent à la chapelle et au phare, tous deux de modestes dimensions, comme si l'ordre des choses les contraignait à s'effacer devant l'immensité de l'océan. Le charme de ce morne cénotaphe, ravagé par les tempêtes, s'évanouit devant le ramassis des touristes encapuchonnés, courant frénétiquement pour immortaliser un selfie.

Je me retournai vers la mer qui grondait au pied des falaises. Le vent d'ouest roulait de longues vagues brunes, bavantes d'une écume coruscante qui venaient mourir sur le rivage dans un bouillonnement informe.

La réminiscence des milliers de navires et de matelots qui reposaient à mes pieds ranima ma foi dans la magie des lieux.

Je crus percevoir, aux confins de l'horizon, les girandoles flavescentes de l'Antarctique que le soleil grave sur les glaces dérivant vers des eaux plus clémentes.

De retour sur le pont, je ne quittais plus des yeux le piton rocheux jusqu'à ce qu'il se fondît dans la houache du paquebot pour redevenir qu'un infime étoc. Amanda me rappela sur terre :

— Nous allons devoir vous garder…

Je ne réagis pas et connement ma seule réaction fut :

— Que vont devenir mes affaires ?

— Ne vous inquiétez pas, nous nous en occupons.

Je passai ma première nuit à Ushuaïa dans une cellule sans confort. Tôt le lendemain, deux gardiens en uniformes verdâtres m'accompagnèrent dans une bâtisse accolée au commissariat.

Elle m'attendait, assise derrière un pupitre dans une loge aux murs délavés, fort éloignée du standing des locaux de Salta.

C'est alors que je réalisai que ce poste prenait pour elle des allures de châtiment. Elle me salua et m'ordonna de m'assoir.

Je voyais à sa tronche que ses dispositions acrimonieuses de la veille demeuraient intactes. Elle me regarda fixement, les poings posés sur une sacoche râpée. D'une voix calme au débit calculé, elle me demanda :

— Monsieur Mauran, n'avez-vous rien à me dire ?

— À quel sujet ?

Je pensais qu'elle espérait des aveux, mais ce n'est pas exactement ce qu'elle voulait.

Tandis qu'elle ouvrait la serviette avec une lenteur savamment dosée, sur la commissure de ses lèvres se dessina un sourire jocondien aussi intriguant que rassurant. Elle en sortit les deux enveloppes.

— Cela ne vous dit rien ?

Je m'avisai que les deux plis avaient été descellés, ce qui me soulagea, car de manière inexplicable vu les évènements, je tenais à m'acquitter de l'assurance donnée au padre.

— Oui, ils m'ont été remis par le père Javier récemment, avec la consigne de n'en connaître qu'un…

— Ceci ne m'a pas échappé. Je vous prie de prendre connaissance de celui que vous prétendez ignorer.

Elle me tendit alors deux clichés écornés et conserva le document qui les accompagnait. Bien qu'ils fussent pris d'une station élevée, sans doute de la plate-forme de l'ascenseur qui surplombe le torrent, on distinguait nettement Diego maintenant la tête de Maria dans l'eau.

Peu convaincu par la version suicidaire de Diego, je ne m'alarmai pas de cette image. Au contraire, elle éveilla en moi un réel soulagement. Alors, je décrivis à Amanda ma rencontre avec le padre et le jeu auquel nous nous prêtâmes.

— Vous affirmez, avant cet instant, totalement en ignorer la substance.

— Oui, je le confirme et, qu'est-ce que cela change ? Que vous faut-il de plus pour reconnaître que j'avais raison ?

— Je vous l'accorde, mais désormais, les lignes ont bougé. Le père Anselmo a été assassiné. Ce document a été le détonateur qui vous a poussé au crime. Vous aurez vu les photographies, délicatement recacheté le courrier et commis votre méfait. C'est ça ?

— C'est faux ! Pouvez-vous m'expliquer pourquoi j'aurais pris soin de les refermer, puisqu'elles m'avaient été confiées toutes deux et que, jusqu'à présent, vous ignoriez le pacte qui me liait au père Javier ?

— Allons, Monsieur Mauran, vos activités gravitent autour du droit, et vous ne pouvez méconnaître que leur intelligence impliquerait nécessairement la préméditation. Vous savez également qu'un crime prémédité est passible de peines aggravées…

Ce raisonnement me consterna d'autant plus qu'il tenait debout. Il me fallait réagir.

— Votre argumentaire repose uniquement sur ma supposée propension à défendre la justice, là où la vôtre a failli, et sur la disparition d'un futile ouvre-boîte. Vous balayez l'éventualité du suicide qui, étant donnée la disgrâce de Diego, demeure plausible. Il aura très bien pu décrocher la clef de la ceinture de sauvetage avant d'embarquer sur le canot et la conserver sur lui au lieu de la suspendre au tableau.

— J'ai déjà envisagé cette hypothèse, mais, cela ne colle pas. Vous qui le connaissez, pensez-vous vraiment qu'il ait pu tolérer pareille humilité et renoncer à un épilogue plus vaniteux ?

— Ouais, mais dans un cerveau déréglé peuvent germer bien des surprises. Quant à la clef…

Je marquai une pause car, pendant que je parlais, Amanda dépliait une carte de l'île. Elle m'expliqua que son équipe s'activait à reconstituer la scène afin d'appréhender les conditions du meurtre.

Cette démarche se démarquait nettement du laxisme qui caractérisa mes précédentes expériences policières.

— Je constate que vous ne cédez rien au hasard. Vous devriez vous assurer, comme je n'ai cessé de l'affirmer, qu'à aucun moment, je me suis éloigné du groupe des Suisses.

— Laissez-moi faire mon job …

Ces paroles me réconfortèrent. La vérité ne spécifiait plus nécessairement ma culpabilité. J'ignorais de quelles autres munitions elle disposait, mais j'anticipai déjà que le testament du padre contenait quelque chose d'intéressant. Je n'apprendrais rien de plus. L'audition se terminait, et je fus reconduit dans ma cellule.

Pour rompre l'ennui, je relus à plusieurs reprises le document officiel décrivant mes droits. Logiquement, le lendemain, je devais, soit être libéré, soit déféré devant le juge. Cette expectative peu réjouissante m'occupa l'esprit toute la nuit.

La journée qui suivit, je pâtis de l'inaction et de l'exigüité de la cellule. J'espionnais chaque mouvement, guettais chaque bruit.

Le déjeuner se présenta, que je croupissais toujours dans ma geôle. Ce ne furent pas les pires empanadas que je boulottai en Argentine.

Dans la soirée, à la limite du délai d'expiration légal, un garde me soutira de ma garçonnière. Pendant le trajet, je spéculai sur la suite…

Amanda me reçut dans son gourbi. Sans me saluer ni m'inviter à m'asseoir, elle me lança abruptement :

— Monsieur Mauran vous êtes libre.

Soulagé et répondant à mes instincts de juriste, je lui rétorquai :

— Il ne s'agissait que d'une simple garde à vue, pas d'un emprisonnement.

Elle sourit et me désignant la sortie :

— Je suis heureuse que vous le preniez ainsi.

— Et c'est tout ? Je ne mérite pas quelques explications ? Hier, vous invoquiez ma culpabilité et aujourd'hui…

— Normalement, je ne devrais rien vous dire car l'enquête n'est pas close, mais étant données les circonstances… En réalité, je n'ai jamais cru que vous puissiez avoir tué. Pour accomplir un tel geste, il faut ressentir des émotions fortes ou souffrir d'une sensibilité déraisonnée. Votre révolte, car il ne s'agit que de cela, ne vise que l'iniquité. Maria Dolorès vous est indifférente.

Bien que je me fusse déjà adressé ce style de réflexion, la pertinence de sa remarque me vexa.

— Dans ce cas, pourquoi m'avoir malmené ?

— Je ne fais que mon boulot, faire cracher le morceau ne recommande pas la gentillesse. Et puis, ça va, je vous ai pas cogné ?

J'appréciai petitement cette mise au point et contins ma crispation.

— Ma hiérarchie s'accommodant fort bien de votre culpabilité, j'ai dû faire preuve d'acuité et de persuasion pour ne pas bâcler l'enquête. Vous êtes veinard que ce soit moi…

Un crime de sang en Terre de feu constituait en soi un coup de tonnerre. Alpaguer le coupable en quelques semaines relevait du prodige, avec en prime, l'espoir d'une meilleure affectation.

En dépit de cela, Amanda ne renonça pas. Fidèle à ses convictions, elle n'hésita pas à défier sa hiérarchie. Elle s'entêta jusqu'au bout.

— Vous vous ralliez à la thèse du suicide ? Est-ce la lettre du père Javier qui vous en a convaincu ? demandai-je.

— Elle ne révèle rien de particulier. Il explique les conditions dans lesquelles il a été amené à prendre les photos incriminantes.

Je compris qu'elle ne voulait pas m'en dire plus.

— Alors, quels sont les éléments qui permettent de me disculper ?

— L'examen de la configuration des lieux, la durée de votre station sur l'île, les témoignages collectés et même votre présence involontaire sur un selfie. Les experts ont démontré que, vu le délai dont il disposait, le père Anselmo s'était dirigé directement vers l'accul le plus éloigné du point de débarquement, là où la brassière fut retrouvée.

— Cela confirme sa détermination d'en finir.

— Pas obligatoirement, quelqu'un a pu le piéger. Mais dans ce cas, il s'agirait d'un proche… Nous ne disposons encore d'aucun indice et les auditions de l'équipage se sont avérées vaines.

— Maintenant que les choses se dessinent je dois vous avouer que le suicide ne correspond pas au pistolet auquel je me suis frotté.

— Et pourtant, faute de preuve dans les trente jours, c'est bien ce que mon supérieur officialisera.

La séance touchant à sa fin, elle me proposa de me reconduire à l'avion. Je lui rappelai que mes vacances ayant été prolongées pour des raisons indépendantes de mes caprices, mon billet n'était plus valable. Après une dernière nuit à Ushuaia, j'embarquai enfin pour Buenos Aires où je décidai de séjourner quelques jours.

J'en pinçai immédiatement pour cette métropole tentaculaire qui mêle pauvreté et opulence dans une frénésie pleine d'espoir.

De San Telmo et ses quartiers populaires où jusqu'à l'aubette, au détour d'une place, tremble la voix du fantôme de Carlos Gardel, à Puerto Madero, diamant futuriste qui brille de lumière et d'abondance, la capitale argentine étonne. L'oubli, la reine de la Plata me fit don de l'oubli.

La semaine qui me restait s'anémia dans l'insouciance de l'été et je ne songeai guère à rentrer. Pourtant, le départ se profilant, mon esprit recouvrit sa mécanique et la clef du Horn hanta mon sommeil suffisamment pour que je décide de modifier mon vol et faire un ultime crochet par Iguaçu

CHAPITRE 10 : LA TOMBE DES GÉANTS

Le soleil était déjà haut dans le ciel quand je pénétrai dans le cimetière de Foz do Iguaçu. Le ciel transportait des nuages menaçants qui rendaient les reflets de l'astre plus ardents, la clarté plus tragique. Insensibles, les tombes peintes à la chaux, ornées de chrysanthèmes et de pivoines versicolores étalaient une indolence inaltérable.

Comme je préjugeais que Maria reposât dans le cimetière des anonymes, je cherchai l'emplacement le moins bien entretenu. Une sorte de terrain vague aux rares croix de bois, auprès desquelles un quidam s'affairait, semblait correspondre.

Je progressai d'un pas lent, musant au gré des sépultures quand apparut un espace récent qui semblait consacré à des tombes à la taille disproportionnée, dont la signification m'échappait. Les inscriptions sur les stèles concernaient des défunts de fraîche date sans que cela n'éclairât le mystère.

L'homme s'était relevé et se recueillait devant un monticule de terre sur lequel était planté un écriteau recouvert d'inscriptions. Je marquai le pas afin de respecter son recueillement. Lorsque, enfin il me fît face, je fus saisi de stupéfaction.

— Bonjour, tu sembles surpris de me voir ici, dit-il.

Je ne comprenais pas. Des conversations me résonnaient aux oreilles, des images défilaient devant mes yeux. Je fixais incrédule la sapine fichée dans la tombe sur laquelle on pouvait lire distinctement : « L'inconnue de la gorge du diable ».

Valmir y avait ajouté : « Maria Dolorès Vargas, mi madre ». Alors que je demeurais sans voix, il s'approcha de moi :

— Excuses-moi, mon ami, j'aurais dû te parler sur le bateau, mais le cran m'a manqué.

Je me sentais vexé de l'avoir pris pour un idiot. Convaincu d'affronter le meurtrier de Diego, je me raidis.

Il s'épancha. Contrairement à ma première intuition, Valmir ne naquit pas dans un ménage de Thénardier, mais fut tout bonnement abandonné à sa naissance.

Après bien des lunes, parvenu à l'âge mûr, il éprouva, comme la plupart de ces enfants, le besoin de connaître ses parents biologiques.

Il parvint, après de longues et douloureuses épreuves à identifier sa génitrice et reconstituer son aventure avec Diego. Après leur rupture, Maria se réfugia aux États-Unis mais elle n'eut pas le courage de tenir son serment et renonça à l'avortement. Diego n'en sut jamais rien.

Le nouveau-né naquit sous « X » dans un faubourg huppé de San Antonio et fût aussitôt adopté par un ménage brésilien qui s'avéra peu estimable.

C'est ainsi que Valmir vécut une enfance chaotique à Iguaçu, jusqu'au jour où le destin s'en mêla, pour le malheur de cette lignée.

Il entretenait depuis quelque temps, avec sa maman retrouvée, une relations épistolaire. À l'approche de noël, ils programmèrent leurs retrouvailles à l'hôtel Malevola.

La cruauté lui fit croiser Diego dans les couloirs. Celui-ci, aveuglé dans sa course vers la pourpre, se méprit de ce concours fortuit et son exaltation submergeant son intelligence, il commit l'impensable.

Valmir stoppa net.

Il respirait fort et je le sentis oppressé. Je le soulageai en reprenant le fil.

— J'imagine que c'est au commissariat d'Iguaçu, en écoutant aux portes, que tu as compris ? Le meurtre de ta mère…

— Non, la veille, ne s'étant toujours pas manifestée, je l'avais attendue désespérément, persuadé qu'elle avait renoncé à me voir. Comme je te l'ai déjà dit sur le bateau, je n'ai pas gobé tes sornettes. Je ne voyais pas en quoi Diego…

— Comment as-tu découvert qu'il était ton père ?

— Dans les jours qui suivirent, je tentai vainement de la contacter. Mes appels restant sans réponse, je fis un saut à Los Angeles.

— Je présume qu'elle n'y était plus…

— Non. Sa logeuse, Margaret, m'accueillit avec gentillesse et me conta l'histoire de ma mère, son mariage, … mon abandon, sa honte.

J'étais curieux d'en savoir plus sur Maria.

— Ta mère a traversé bien des épreuves, contrainte à mener une vie dissolue…

— Qu'est-ce que tu vas chercher ? Certes, quand elle est arrivée, c'était une femme anéantie. Mais grâce à Margaret et à ses relations, elle se rétablit et trouva un job de scénariste dans un studio de cinéma.

Je réalisai que Diego m'avait raconté des salades.

— Comment expliques-tu, qu'après toutes ses années, elle vive encore dans une chambre de bonne.

— D'où tu sors ça ? Margaret est une veuve richissime qui s'est pris d'affection pour ma mère. Elle ne lui loue pas une soupente, mais toute une aile de sa demeure hollywoodienne.

Je fouettai ma naïveté d'avoir pu prêter attention aux mensonges et me ressaisis :

— Ayant découvert la vérité, tu as décidé de te venger…

— Non, ça ne s'est pas passé ainsi. Margaret m'a décrit des parents attachants, une mère intelligente, sensible et dévouée envers les autres.

— Je suppose qu'elle brossa un portrait moins flatteur de ton géniteur.

— Détrompes-toi ! Elle ne l'a jamais rencontré mais m'a rapporté ce que lui avait dit ma mère. Elle le dépeignit comme un être hors du commun.

— Pourtant affriandé d'un appétit thaumaturgique frelaté !

— Je ne sais pas, je ne comprends pas ce que tu veux dire.

— Laisses tomber ! J'suis con.

— Ce dont je suis sûr, c'est que ma mère ne s'est pas remariée et que jamais ils ne se haïrent…

La musique sonnait bien et Valmir paraissait sincère. Mais cette apparence de réconciliation posthume heurtait mon bon sens.

— Mais alors que s'est-il passé au cap Horn ? Que foutais-tu là ?

— En rapprochant des bouts de ton audition avec les confidences de Margaret, je réalisai que l'inconnue que tu décrivais, était sûrement ma mère.

— C'est à ce moment que l'idée du meurtre t'as traversé.

— Tu n'y es pas du tout ! J'étais désemparé, mais tu m'apprenais que mon père vivait toujours. Rien d'autre ne comptait.

Moins agité, il poursuivit.

Il lui fût facile, suivant mon exemple, de retracer l'itinéraire de Diego jusqu'à la Terre de feu. Comme un de ses collègues effectuait régulièrement les saisons au Chili, à bord du Monestra, Valmir le convainquit de lui céder sa place.

La suite, je l'imaginais, mais, je préférai le laisser poursuivre.

— Sur le bateau, le travail absorbait l'essentiel de mon temps et lui, ne participait pas aux tâches de l'équipage. Il vivait reclus dans sa cabine et je n'osai pas aller le voir. L'escale du cap Horn fut l'opportunité que j'attendais lorsque je le vis embarquer sur un canot.

— C'est là que tu as subtilisé la clef sur le tableau pour différer la découverte de ton crime ?

— Bien sûr que non ! Je ne lui voulais pas de mal. À peine le bateau accosté, je ne l'ai pas lâché. Nous gravîmes l'escalier, et ensuite je l'ai abordé en chemin vers le sémaphore.

— Que s'est-il passé ? Vous vous êtes disputés ?

— Je lui ai révélé que j'étais son fils, mais il n'a pas réagi. Au contraire, il hâta le pas et s'éloigna des grappes de touristes pour bifurquer vers l'anse la plus retirée de l'île.

— Il t'a bien dit quelque chose !

— Tout au long du sentier, nous avons marché en silence. Parvenu au bord de la falaise, il s'est retourné, m'a dévisagé, mais rien. J'aurais apprécié une effusion, un geste d'émotion. Au lieu de cela, il s'est lancé dans un baratin bourbeux qui m'a décontenancé.

— Et alors ?

— J'ai voulu savoir ce qui s'était réellement passé à l'hôtel. Il m'a sorti un machin pas possible, proféré des horreurs sur ma mère et prétendu qu'elle s'était suicidée.

Ils se disputèrent et dans la bousculade, Diego trébucha. Ce fut la chute. Valmir tenta bien de le secourir. Mais le vacarme des vagues sur les brisants et le nuage impur formé par les embruns recouvrirent le décor d'un linceul liquide.

— Je suis rentré au bateau en m'efforçant de contenir ma peine. J'étais désespéré. C'est seulement dans la coursive qui mène à ma cabine, que j'ai songé à la clef. Je suis alors retourné sur le pont. Il y avait encore pas mal d'allées et venues. Je me faufilai en cachette jusqu'à l'arrière du pont et la subtilisai.

Il me tendit la clef et ajouta :

— Que comptes-tu faire maintenant ?

— Je te renvoie la balle. Tu devrais parler à la police. Tu viens de me décrire un accident…

— J'ai mûrement réfléchi à cette éventualité. Je le ferai pour apaiser ma conscience, mais dans l'immédiat je veux protéger les miens, permettre à mes filles de poursuivre leur scolarité. Le jour venu, je saurais faire face à mes responsabilités. Maintenant que tu sais, c'est à toi, mon ami de décider…

Je l'avais sous-estimé, il n'était pas aussi candide que je le pensais. Il avait hérité l'intelligence de son paternel et la modération de son grand-père.

— Il faut que je te dise. Tu n'as pas tout perdu, il te reste une famille. À Salta, un grand-père sera content de te connaître, et t'aidera à te réconcilier avec ton père. À Molinos, un tonton et des cousins espèrent que Maria leur reviendra.

Il comprit que je ne le dénoncerais pas et nous nous quittâmes après une chaleureuse accolade. Je gagnai la sortie et remarquai, à hauteur des étranges tombes, les membres d'une famille, tous de forte corpulence, qui disposaient parmi les fleurs le portrait d'un défunt joufflu.

J'en déduisis que le carré du cimetière qui m'avait intrigué devait être réservé aux sépultures des personnes obèses. Avant de m'éloigner, je me retournai. Valmir pleurait, prosterné devant la tombe.

CHAPITRE 11 : LA CLEF DU HORN

L'hiver n'en finissait pas d'agoniser. Paris tremblait sous les bourrasques hiémales. Ce jeudi, pressé de me rendre dans le quartier de l'étoile, je m'engouffrai, place Maillot, dans une bouche de métro.

Le froid des rues me dévorant, j'appréciai la chaleur fétide qui régnait dans les couloirs, cette touffeur corporelle qui enchaîne les bourgeois dans leur commune bestialité.

Je me blottis dans le coin d'une banquette, la joue pressée contre la vitre, triturant dans la poche de mon pantalon, la clef du Horn. Elle ne me quittait pas, bien qu'elle ne provoquât plus en moi le moindre désordre.

À l'arrêt suivant, je fus comme subjugué par une affiche publicitaire qui vantait les trésors touristiques d'une contrée lointaine. On venait de faire halte à la station Argentine.

Je ne résistai pas au fantôme d'Éva Péron [12] qui imposa ce gentilé et me sentis comme happé par la horde des employés se rendant au travail.

Quand la ruche se fut dispersée, seul sur le quai, je m'installai sur un banc. À côté, un clochard poussait sa ronflette. L'espace d'un songe, je m'évadai dans un voyage imaginaire.

Je voguais à présent, sur le rio de la Plata, croisant vers Buenos Aires. La publicité figurait un ferry assurant la liaison entre Colonia et la capitale argentine.

Je me souvenais de ces eaux limoneuses qui évoquent l'estuaire de la Gironde et des incontournables formalités douanières, torture obligée, pour traverser ce bras qui sépare l'Argentine de l'Uruguay.

Dans le lointain, vers le sud, on devinait à travers les nuées caligineuses, les tours évanescentes de Puerto Madero. Au-delà, la Babylone se consumait en un gigantesque halo orangé, fruit vénéneux d'une intempérance licencieuse. Mon esprit bientôt s'affranchit des contraintes vulgaires.

Je survolai la Boca bariolée de soleil, les quartiers chics de la Recollata, puis les banlieues ouest aux riches villas où les occupants cagnardent au bord des piscines.

---

[12] *La station de métro située sur la ligne un, se dénommait initialement « Obligado », en mémoire de la célèbre victoire franco-britannique sur l'Argentine. Suite à la visite d'Eva Perón en 1947, elle fut rebaptisée « Argentine », tout comme la rue Obligado.*

Je volai de plus en plus vite, fuyant les herbes hautes de la Pampa.

À l'horizon se profilaient les contreforts de la Cordillère et les mâchoires nivéennes de la Patagonie. Je me régalais de pouvoir rêver de nouveau ces glaciers aux vitrages diaphanes. Ushuaïa me reçut avec tristesse.

Dans le morne remuement portuaire, je reconnus Amanda qui officiait à l'arrivage des navires…

Le tonnerre du métro entrant en gare me tira brutalement de mon songe. Comme pris en faute, je m'engouffrai dans un wagon et poursuivis ma journée parisienne.

L'escorte fantomale d'Amanda ne me quitterait plus. La clef venait de se transformer en une caillasse encombrante dont il convenait de me débarrasser.

Je ne voulais pas causer de préjudice à Valmir, mais j'estimai qu'Amanda devait être informée et que désormais, cette relique lui revenait.

Je rédigeai des dizaines de messages sensés justifier mon geste pour me résoudre finalement à la lui dépêcher sans un mot. J'espérai qu'elle reprendrait contact.

Le mardi suivant, tandis que j'écoutais la cinquième de Mahler, à l'attaque du quatrième mouvement, la sonnerie du téléphone retentit. Agacé d'être dérangé, je ne décrochai pas immédiatement.

Amanda me salua d'un tour aimable et enjoué qui contrastait avec la facture de nos derniers entretiens.

— Bonjour Oscar, j'ai apprécié votre attention …

Peu rassuré de ma démarche, je me taisais. Elle poursuivit :

— Me direz-vous comment vous vous êtes procuré cette clef ? Vous êtes conscient que cet objet pourrait me conduire à reconsidérer la conclusion officielle de l'instruction…

— Je ne crains rien.

— Sur ce point, nous sommes d'accord, dites-moi alors qui vous l'a donnée ? Et pourquoi me l'envoyer aujourd'hui ?

— Comme vous me l'avez reproché, je suis responsable de votre assignation dans ce bled et un frein à votre carrière. Je pense que vous êtes un flic compétent et il est naturel…

Elle me coupa net :

— Y compris l'identité de celui qui l'a chipée sur le Monestra ?

Comme je tardais à répondre, étonnamment détendue, elle excusa mon imputabilité et me rassura sur son acclimatement à la Patagonie. Elle avait séduit un authentique descendant de fuégien et projetait son avenir dans cette contrée hostile qui l'avait conquise. Elle plaisanta au sujet de son affectation :

— Bien qu'ici les crimes ne fourmillent pas, les voleurs, les escrocs, les proxénètes, les trafiquants en tous genres et les cols blancs indélicats ne manquent pas. Ça devrait le faire…

Comme je demeurais perplexe, elle enchaîna et déclara brusquement, ne cachant pas sa satisfaction :

— Si vous revoyez Valmir, vous pourrez lui dire qu'il ne craint rien.

Interloqué, je ne réagis pas.

— Allons, ne soyez pas surpris, n'oubliez pas, je suis une policière avérée. Il n'y a que dans les bouquins où les détectives amateurs font la nique aux pros.

Je me demandai pourquoi Valmir n'avait pas été inculpé. Au fond, j'éprouvai un vif soulagement, moins de le savoir innocent que de ne pas avoir à le dénoncer.

Je ne cherchai plus à comprendre, elle menait la danse.

— Vous vous souvenez de l'enveloppe, celle avec les photographies où on voit le père Anselmo …

Elle n'attendait pas de réponse, mais reprenait tranquillement son souffle.

— Elle contenait également un mot du père Javier. Il y explique la cause de sa présence aux chutes au moment du drame.

Tandis qu'elle me lisait le texte dans son intégralité, je regrettai de m'être gourré d'enveloppe. Bien que dans ce second document, il n'évoquât pas explicitement sa paternité, il exhibait une complaisance excessive pour Diego.

Soucieux de sauvegarder le secret qui les unissait charnellement, que leurs conditions respectives interdisaient d'ébruiter, il n'en avait pas moins mené son enquête et retrouvé Maria.

Ses démarches ayant abouti, ils convinrent de se rencontrer au Malevola ce fameux noël. Cependant, il omit de lui préciser que Diego y séjournerait aussi. Le mécanisme infernal se mit en action.

Maria mourrait d'envie de rejoindre son fils et voulait lui faire la surprise d'un grand père tombé du ciel.

— Le padre poursuivait, quant à lui, un objectif différent…

— Parfaitement, il voulait certes, la réconcilier avec Diego et se réjouissait qu'ils retrouvent Valmir, leur garçon. Mais il aspirait avant tout, après une existence pavée de mensonges, avouer à Diego qu'il était son père.

La suite, je la connaissais. Diego ne vivait, ne respirait que pour son sacerdoce. À un aucun moment, dans le drame qui se jouait, il imagina le mettre en retrait. Aveuglé par ses convictions, son cœur de fils et de père ne battait plus depuis des lustres. Tragique fût sa méprise…

Je songeai que si Valmir n'avait pas tué Diego, ce dont Amanda paraissait convaincue, qui avait bien pu exécuter cette affreuse besogne. Elle me devança :

— Vous vous inquiétez, Oscar, de savoir qui a dessoudé l'évêque ? Je crains que la fin de cette affaire ne vous déplaise…

Cette suggestion m'attrista. Malgré la complexité de nos relations, je nourrissais un attachement sincère pour le padre et sa culpabilité me paraissait aussi révoltante que la disparition de Maria.

Malgré mon accablement tangible, elle ne broncha pas et continua de dérouler ses arguments.

— Après votre mise en liberté, l'enquête a continué. La lettre du père Javier dont je vous suis redevable, a contribué largement à éclairer cette intrigue. Si elle divulgua les coulisses du meurtre de la Gorge du diable, auquel il avait assisté, elle ne comportait aucun élément probant permettant d'incriminer quiconque dans celui du Horn. C'est l'entrée en scène de Valmir, individu jusqu'alors, absent de nos tablettes, qui nous livra un auteur présentable, habité d'un mobile sérieux. Les constatations de l'équipe scientifique détachée sur place l'innocentèrent pourtant sans équivoque.

Bien que cela ne collât pas avec les aveux de Valmir, je patientai, affecté de découvrir l'implication du padre.

Les conclusions de l'enquête s'appesantirent sur l'improbabilité d'un corps tombé du sommet de choir directement dans l'océan.

Dans l'éventualité d'une chute accidentelle ou d'une bourrade criminelle, les légistes auraient dû détecter, accrochés aux rochers, des lambeaux de tissu ou de chair et relever des traces de sang.

Sans ces indices et le corps ayant disparu, la thèse officielle retenue fut celle du suicide. Je poussai un soupir qui ne passa pas inaperçu.

— Vous avez vraiment cru que Javier Téodorico, avait tué son fils parce qu'il avait été témoin du meurtre de Maria ?

— Je vais être loyal avec vous. Valmir m'ayant avoué avoir bousculé Diego, sa culpabilité me paraissait acquise. Celle du père Javier ne m'a jamais effleuré l'esprit…

— Il l'a peut-être molesté, mais cela ne l'a pas tué. Un bec dans la falaise aura stoppé son glissement, avant qu'il ne choisisse de se jeter dans l'océan. Les conditions météorologiques l'ont rendu invisible ce qui a abusé Valmir et l'a convaincu de sa responsabilité. J'imagine que vous devez être déçu. L'assassin de Maria Dolorès échappe aux griffes de la justice à laquelle vous semblez si attaché.

La disparition de Diego était le cadet de mes soucis. Je découvrais avec satisfaction que ma révolte me rapprochait en réalité de Maria. Elle réintégrait un clan original, qui assurerait un futur à sa mémoire. Mon ressentiment ne se justifiait plus.

— C'est très bien ainsi.

— Je vous remercie pour la clef, ça n'a pas dû être évident. Vous avez couru le risque d'une remise en cause, brisé le silence promis à Valmir, tout cela pour vous excuser d'avoir bridé ma carrière ! Je suis flattée…

Elle marqua une pause, gênée, puis se reprenant :

— Je dois admettre que la thèse officielle du suicide ne me satisfait pas. Des babioles saisies sur le Monestra, j'ai déterré le livre de bord qui enregistre précisément les incidents survenus pendant la navigation. Une minutie pointée le soir de la randonnée attira mon attention : au retour, un des membres de l'équipage regagna le bord sans son gilet…

Je me souvins que lors des descentes à terre, les plus anxieux gardaient leurs gilets sanglés, tandis que la majorité les entassait bredi-breda au bord de la plage. Elle reprit :

— Je pense que le père Anselmo a jeté le sien pour faire croire à sa disparition. À son retour sur le sable, il aura raflé un de ceux qui tapissaient la grève, ce qui explique le gilet manquant. En revanche s'il a pu regagner incognito le navire, je ne m'explique pas comment il a pu berner les autorités à Ushuaïa.

— Qui vous dit qu'il n'a pas quitté le bord avant le terme de la croisière ? Deux jours plus tard, le groupe se dispersa, pour une ultime excursion dans la baie Wulaia, sur l'île Navarino, au Chili. La grimpette qui aboutit au mirador s'évanouit dans des buissons touffus diaprés de fleurs multicolores, ce qui nous étonna en cette extrémité méridionale du continent. Mais surtout les passagers disposèrent de leur totale liberté. Nous devions seulement nous rassembler sur le littoral, une fois la ballade finie. J'imagine qu'il n'aura pas manqué de saisir une telle aubaine…

— J'ai du mal à vous suivre. Il aurait choisi de se fourvoyer sur un îlot pommé, loin de tout, sans perspective de retour ?

Cette objection m'amusa.

— Et dire que les Français sont réputés nuls en géographie ! On voit que vous ne connaissez pas encore bien la Terre de Feu. Navarino n'est pas exactement un asile reculé. À proximité de la baie Wulaia, on accède aisément à Puerto Williams en longeant la côte, le village le plus au sud du globe. Et là, on est invariablement au Chili : nulle frontière à franchir, un port de voyageurs, un aéroport … bref, la liberté ! Un être intelligent le savait.

— C'est intéressant…, mais dans ce cas, il y a un hic !

— Lequel ? demandai-je.

— Voyons, la clef ! Il lui aura fallu un complice pour la retirer du tableau.

— Un proche suffisamment tourmenté par son hérédité pour que son amour filial surmonte un drame familial ?

Amanda réfléchissait à haute voix :

— Tout ceci n'aurait été qu'une mise en scène pour faire croire à sa mort et organiser sa fuite…

Je ne pus réprimer un rire en l'entendant raisonner de la sorte.

— Ne riez pas ! dit-elle. Puis, elle conclut :

— Je n'ai pas l'intention de finir ma carrière sur l'île de Pâques !

Un ange, (enfin !) passa. Tout était dit. Nous nous quittâmes, pensifs.

Je ranimai la musique et m'abandonnai aux larmes de l'adagietto. Plus tard, dans la soirée un besoin de respirer l'air frais me conduisit devant le parvis de Notre Dame de Lorette.

Souvent, j'étais passé devant, sans jamais y entrer. Cette fois-ci, sans que je le désire, un courant invisible me porta à l'intérieur de l'église.

Dans la prière, pour la première fois, j'abordais les rivages d'une sérénité inconnue.

Éditions Northouse 2023

northouse.editions@tutanota.com